TRAUM FEUER

Ein Märchenbuch

Roland Kübler
Norbert Sütsch
Jürgen Werner

Titel: Kristine Gelderblom & Markus Olivieri
Illustrationen: Markus Olivieri
Satz und Druck: Windhueter, Schorndorf

1. Auflage September 1991
2. Auflage November 1991
3. Auflage April 1992

ISBN 3-926789-05-0

Wolfswelpe und Schlangenei

Roland Kübler

Geduckt jagte der alte graue Wolf über die verharschte Schneefläche. Kaum mehr als ein Schemen in der klirrend kalten Winternacht. Er folgte keiner der frischen Fährten, welche immer wieder seinen Weg kreuzten, keiner noch so verlockenden Witterung widmete er auch nur den Hauch seiner Aufmerksamkeit; er spürte den beißenden Hunger nicht. Seit vor Stunden der vertraute Ruf in ihm erklungen war, hetzte er ohne Rast dahin. Nur kurz hatte er argwöhnisch geknurrt. Doch diese Spur von Mißtrauen war schnell wieder verflogen. Generation um Generation war der Ruf das Zeichen gewesen. Und so folgte er dem unsichtbaren Weg, den ihm sein Herz wies.

Wieder vernahm er den vertrauten Ruf, und jetzt klang er nicht mehr nur tief in seinem Innern, dort, wo die Erinnerung an jene Zeit zuhause war. Unruhig zuckten die Ohren des grauen Wolfes. Dumpf drang der Klang der Trommeln und ein gleichförmiger, eindringlicher Gesang aus einem kleinen Zelt am Waldrand. Vorsichtig witternd trabte der Wolf weiter. Vor dem Zelt blaffte er kurz und heiser auf, bevor er den Kopf zurücklegte und in den Nachthimmel heulte.

Das Trommeln und der Gesang waren verstummt, die Eingangsplane zurückgeschlagen. Flackernder Feuerschein zuckte über den Schnee vor dem Zelt. Ein alter Mann trat heraus. Er sah den Wolf aufmerksam an. Ein wehmütiges Lächeln huschte über seine Lippen. Der alte Mann kniete in den Schnee und vergrub sein Gesicht im dichten Winterfell des Wolfes. So saßen die beiden reglos in der kalten Nacht. Als der Mann sich leicht zu wiegen begann und dabei vor sich hinsummte, grollte es tief im Bauch des Wolfes. Er preßte seine kalte, feuchte Nase in die Armbeuge des Mannes und stubste ihn damit immer wieder an.

„Schau ihn dir an“, sagte der Mann endlich, „und dann entscheide.“

Ein kräftiger Stoß schubste den alten Mann in den Schnee. Lachend lag er auf dem Rücken und zerzauste dem grauen Wolf das Fell.

Während es lautlos zu schneien begann, tollten der alte Mann und der graue Wolf im Schnee wie übermütige Kinder.

❡

„Doran! Doran!"
Der Schrei eines Jungen, dessen Stimme sich zu verändern begann, ließ den alten Mann von der Feldarbeit aufblicken. „Doran! Ein Wolf! Ich habe einen riesigen grauen Wolf gesehen! Ganz nah war er!"
Der alte Mann rammte den Spaten in die schwarzglänzende Erde und ging dem heranstürmenden Jungen entgegen.
„Was hat er gemacht, Mischa?" fragte er, als dieser vor ihm stand.
„Angestarrt hat er mich. Einfach angestarrt. Er lief auch nicht weg, als ich mir Steine nahm."
„Hast du denn nach ihm geworfen?" wollte Doran wissen.
Mischa senkte den Kopf und runzelte grüblerisch die Stirn. „Nein", antwortete er. „Ich ... Da war etwas ... Als ich in seine Augen sah ..."
Liebevoll nahm Doran den Jungen in den Arm.
Als die beiden zum Haus gingen, lächelte der alte Mann.

❡

Der schon herbstlich kühle Wind trieb vom nahen Dorf fröhliche Musik herüber. Hunde kläfften und jaulten, betrunkenes Lachen und schrilles Gekicher war zu hören. Doran verzog das Gesicht.
Es war ein fruchtbares Jahr gewesen. Die Saat hatte reichlich Früchte getragen, die Ernte war eingebracht, die Felder schöpften neue Kraft. Im Dorf wurde das Dankesfest für die Erde gefeiert. Später am Abend würden die Heranwachsenden mit einer Zeremonie in den Kreis der Erwachsenen aufgenommen werden.
„Warum gehen wir nicht hin, Doran?" wollte Mischa nun schon zum wiederholten Male wissen.

„Weil wir nichts zu suchen haben, dort!" bekam er knappe Auskunft.
„Aber Doran!" Der Junge ließ nicht locker. „Auch ich werde erwachsen. Schau doch, ich bekomme schon einen Bart!" Stolz zupfte Mischa an der Andeutung eines leichten Flaumes.
„Glaubst du wirklich, daß du erwachsen bist, wenn wir heute abend ins Dorf gehen und an dem Fest teilnehmen?" fragte der alte Mann.
Mischa zuckte betrübt die Schultern. „Alle in meinem Alter bekommen heute einen jungen Hund geschenkt, als Zeichen, daß sie nun erwachsen werden."
Voller Verachtung spuckte Doran ins Gras. Doch dann wandelte sich sein grimmiger Gesichtsausdruck. „Nimm dein Messer und dein Beil", forderte er den Jungen auf. „Ich will dir etwas zeigen."
So sehr Mischa den alten Mann auch bestürmte und mit Fragen überhäufte, Doran schwieg. Nach Stunden erreichten sie ein kleines Zelt am Waldrand. Der alte Mann band die Eingangsplane zur Seite.
„Geh und suche trockenes Holz, viel Holz. Die Nächte können schon wieder kühl werden", sagte er zu Mischa. Er selbst ging in das Zelt, legte sich auf ein weiches, dickes Fell und schloß die Augen.
Ein wenig mürrisch gehorchte der Junge. Er schleppte Holz heran und stutzte es dann mit dem Beil auf die richtige Größe. Während Doran friedlich schlief, bereitete Mischa die Feuerstelle vor. Dann rieb er seine Feuersteine, bis sich ein winziger Funke im trockenen Moos festgesetzt hatte. Schon bald knisterte ein kleines Feuer im Zelt. Der alte Mann streckte sich gähnend und setzte sich neben Mischa.
„Als ich jünger war", erzählte er schließlich, „war ich oft hier, wenn ich wirklich allein sein wollte und von allem weit entfernt."
Der Junge schaute neugierig, sagte aber nichts.
„Der Vater meines Vaters hat diesen Platz ausgesucht und das Zelt errichtet. Alle Jungen unserer Familie sind hier gewesen, wenn die Zeit dafür gekommen war."

Wehmütig blickte der alte Mann den Jungen an, dann kramte er umständlich unter den Fellen hinter seinem Lager. Schließlich hielt er eine kleine Handtrommel in Händen. „Für dich, Mischa", sagte er leise. „Ich habe sie für dich gemacht, und heute nacht werde ich dir zeigen, wie du sie benutzen sollst."

Mit leuchtenden Augen nahm Mischa die Trommel entgegen. „Zeig es mir, Doran", rief er. „Komm, zeig es mir!"

„Nur langsam", beruhigte ihn der Alte. „Bevor wir damit beginnen, muß das Feuer noch viel heißer brennen."

Als die Nacht gekommen war, loderte das Feuer in dem kleinen Zelt hoch und heiß. Doran hatte große Steine um die rotglühende Glut aufgeschichtet und Mischa nach Wasser aus dem nahen Bach geschickt. Als alles zu seiner Zufriedenheit gerichtet war, zog der alte Mann die Plane am Eingang des Zeltes zu. Dann begann er sich zu entkleiden.

„Zieh dich auch aus, Mischa", forderte er den verständnislos schauenden Jungen auf. „Bevor wir die Trommeln benutzen, werden wir gemeinsam schwitzen."

So dicht wie möglich setzten sich die beiden an die schwarzrot wabernde Glut. Doran nahm einen Eimer mit Wasser und goß es langsam über die großen Steine. Laut zischend verdampfte es, kaum daß es die Steine benetzt hatte. Wie dichter, undurchdringlicher Nebel füllte der Wasserdampf das Zelt und legte sich in feinen Tröpfchen auf die nackte Haut von Mischa und Doran. Wieder und wieder goß der alte Mann Wasser über die heißen Steine. Mischa schwitzte wie noch nie in seinem Leben. Die Luft war undurchdringlich dick und heiß. Der Atem des Jungen ging schwer. Er keuchte. Doran saß gelassen neben ihm. Die Augen geschlossen, den Mund halb geöffnet, brummte er eine eintönige Melodie vor sich hin und wiegte sich dazu im Takt. Er reichte Mischa die kleine Trommel und nahm sich eine größere, deren Leder abgenutzt glänzte. Dann begann er, mit den Fingern einer Hand, einen langsamen, eindringlichen Rhythmus zu schlagen. Mischa sah ihm aufmerksam zu, obwohl der unaufhörlich rinnende Schweiß in seinen Augen brannte.

Ein wenig zögernd und noch leise schlug der Junge die Trom-

mel, so wie der alte Mann es ihm vormachte. Unmerklich veränderte sich Dorans Trommelspiel, wurde lauter, härter, schneller. Mischa folgte diesem neuen Rhythmus mühelos. Auch er hatte jetzt die Augen geschlossen. Seine Hände wirbelten über das straff gespannte Leder. Ihm fiel nicht auf, daß er schon seit geraumer Zeit einen eigenen Rhythmus gefunden hatte, einen eigenen Takt. Einem langsam und kräftig schlagenden Herzen gleich, begleitete der alte Mann die wilden Schläge und Wirbel des Jungen. Stunde um Stunde saßen die beiden in dem kleinen Zelt, umhüllt von heißem Wasserdampf und trommelten, jeder auf seine Art, und doch gemeinsam, bis ihre Hände schmerzten und die Finger taub geworden waren.
„Es ist genug“, sagte Doran und legte die Trommel zur Seite. Keuchend vor Anstrengung folgte Mischa seinem Beispiel. Der alte Mann erhob sich und nestelte an der Eingangsplane. Ein kühler Wind fauchte in das Zelt und wirbelte den Dampf durcheinander. Aufatmend trat Mischa hinaus und schüttelte sich wie ein nasser junger Hund den Schweiß aus den Haaren und vom Körper.
Als er sich in das taubedeckte Gras fallen lassen wollte, ließ ihn ein dunkles Grollen zurückfahren. Nur wenige Schritte entfernt saß ein gewaltiger, grauer Wolf. Seine Augen blitzten im spärlichen Licht der Nacht.
Vorsichtig setzte Mischa einen Fuß zurück.
„Bleib wo du bist“, hörte er Dorans leise Stimme dicht hinter sich. Reglos gehorchte der Junge. Fast vergaß er zu atmen vor Aufregung und Angst.
Der Wolf richtete sich auf. Sein Nackenhaar gesträubt, den Kopf weit nach vorne gestreckt, mit einem kaum hörbaren, tiefen Knurren, kam er auf Doran und Mischa zu. Dann stand er still vor dem Jungen und schnüffelte prüfend. Das Knurren erstarb und der graue Wolf drückte seine feuchtglänzende, kalte Schnauze in die geöffnete Hand Mischas.
Der alte Mann, der mit angehaltenem Atem hinter Mischa gestanden war, stieß einen freudigen Laut aus. „Du scheinst ihm zu gefallen. Aber eigentlich habe ich auch nichts anderes erwartet!“

Er ließ sich nieder und umarmte den grauen Wolf. Seine Finger durchwühlten das Fell und strichen zärtlich über Kopf und Schnauze.

Mischa stand, vor Aufregung bebend, neben den beiden. So viele Fragen brannten ihm auf der Zunge, so viel, was er nicht verstand. Und doch, er schwieg. Das stumme Zwiegespräch des alten Mannes mit dem grauen Wolf durfte er nicht stören, das spürte er. Schließlich erhob sich Doran. Doch bevor Mischa etwas sagen konnte, nahm ihn der alte Mann in den Arm.

„Das ist mein Bruder", erklärte er und deutete auf den grauen Wolf. Mischa riß die Augen auf, doch Doran redete ungerührt weiter: „Er ist in mir und ich in ihm. Zusammen gingen wir den Weg von der Jugend hin zum Erwachsenen."

„Ich verstehe nicht ...", stammelte Mischa. „Was ...?"

„Was soll ich dir viel erklären", antwortete Doran. „Du mußt erleben. Selber sehen. Komm!"

Sie folgten dem grauen Wolf. Nur wenige Schritte entfernt, beim dichten Gebüsch eines Holunderstrauches, blieb der Wolf stehen. Mischa konnte, verborgen unter den Zweigen, eine kleine Kuhle im Gras sehen. Und darin lag, mit funkelnden Augen neugierig herausspähend, ein Wolfswelpe.

„Geh schon hin", ermunterte Doran den Jungen. „Begrüße ihn."

„Heißt das, ich bekomme diesen kleinen Wolf geschenkt?" fragte Mischa voller Freude.

„Nein!" Der bestimmte Ton in Dorans Stimme ließ den Jungen innehalten. „Er wird dich begleiten und du ihn. Du wirst von ihm lernen und er von dir. Gemeinsam sollt ihr erwachsen werden und euren Weg im Leben finden. Er ist kein Geschenk."

Doran sah, wie die Enttäuschung einen Schatten auf Mischas Gesicht legte.

„Nein", wiederholte der alte Mann und schüttelte heftig den Kopf. „Es mag sein, daß die Jungen im Dorf einen kleinen Hund geschenkt bekommen. Doch mit dem altüberlieferten Brauch hat dies nichts zu tun. Ich kann mich noch gut an die Zeit erinnern, als jeder Junge ein Wolfswelpen erhielt, wenn die Zeit dafür gekommen war. Und mit diesem jungen Wolf

wurde er dann in die Wälder geschickt. Gemeinsam sollten sie erwachsen werden und lernen zu überleben."
Mischa runzelte ein wenig ungläubig die Stirn. „Und weshalb bekommen die Jungen heute von den Erwachsenen Hunde geschenkt?"
„Weil ein kleiner Hund leicht erzogen und abgerichtet werden kann, bis er aufs Wort gehorcht!" stieß Doran bitter hervor.
Mischa setzte sich neben den Holunderstrauch und streckte vorsichtig seine Hand aus. Ein wenig unschlüssig zog der kleine Wolf die Lefzen hoch und versuchte ein grimmiges Knurren. Dann kroch er, flach an die Erde gepreßt, langsam auf Mischas geöffnete Hand zu. Er beschnüffelte sie ausgiebig und leckte mit seiner hellroten, rauhen Zunge über die Fingerspitzen. Sichtlich zufrieden kringelte er sich, an Mischas Hand geschmiegt, zusammen, steckte seine kleine Nase in den wollweichen Pelz und brummte wohlig vor sich hin.
„Er wird deinen Geruch und den Geschmack deiner Haut nun nie mehr vergessen", erklärte Doran und setzte sich neben ihn. „Laß ihn ruhen. Er hat eine lange Reise hinter sich, und ihr beide habt einen weiten Weg vor euch."
Der alte Wolf drängte sich zwischen sie und legte seine grauhaarige Schnauze auf ein Knie Dorans. Dieser beugte sich über ihn und blies ihm zärtlich ins Ohr.
Als Doran sich wieder aufrichtete und Mischa anschaute, waren seine Augen dunkel wie Waldseen in sternloser Nacht.
„Wenn der Morgen graut, werde ich dich verlassen, Mischa. Du kannst den Winter über hier in diesem Zelt bleiben oder gehen, wohin du magst. Wenn du deinen Weg im Frühjahr zurück zu mir findest, werde ich mich freuen."
„Aber warum denn jetzt schon, Doran?" Der kleine Wolf knurrte leise und richtete sich tolpatschig auf. Mischa nahm ihn in die Arme und bettete ihn auf seinen Schoß.
„Weil es an der Zeit ist, daß du erwachsen wirst", antwortete der alte Mann. „Und du sollst erwachsen werden, wie es der alte Brauch verlangt!"
Fast bis zum Anbruch der Morgendämmerung saßen der alte Mann und der Junge noch vor dem Zelt. Mischa fragte und

fragte. Und Doran erzählte und erzählte. Zwischen den beiden ruhte der große graue Wolf mit geschlossenen Augen. Manchmal zuckten seine Ohren, geradeso, als würde er alles verstehen und sich gern erinnern an eine Zeit, die längst vergangen war.
Als Mischa am nächsten Morgen von den Strahlen der Sonne wachgekitzelt wurde, war der alte Mann und mit ihm der graue Wolf verschwunden.

❡

Der Herbst hatte den Wald in eine große Farbpalette verwandelt. Stürme zerzausten die Wipfel und trieben trockenes Laub vor sich her. Mit seiner klirrenden Faust aus Eis hatte danach der Winter dem zart keimenden Frühjahr lange getrotzt. Doch nun barst das Eis der Seen, und die dünner werdende Schneedecke konnte dem Aufknospen der ersten Blüten nicht länger widerstehen.
Doran reparierte das Schindeldach seines Hauses, besserte die Fenster aus, in welche sich der eisige Frost des Winters gekrallt hatte und genoß ansonsten die milde Frühjahrssonne.
An einem dieser, vom Atem des aufkeimenden Lebens gefüllten Abende, wurde er in seinen stillen Betrachtungen gestört. Nahebei heulte ein Wolf sein Lied dem vollen, satten Mond zu, der am nächtlichen Himmel aufgezogen war. Mit geschlossenen Augen blieb der alte Mann auf der Bank vor seinem Haus sitzen. Wieder erfüllte das ungestüme, kraftvolle Heulen eines Wolfes die Dunkelheit der Nacht. Doran lächelte. Dann stand er auf, legte seinen Kopf in den Nacken, die Hände an den Mund. Sein Ruf war der eines alten, wissenden Wolfes. Ein Ruf, der die geheimnisvollen, wispernden Geräusche des Waldes in Ehrfurcht verstummen ließ.
Raschelndes Laub, unter schnellem Lauf zurückschnellende Zweige, brechende Äste zerrissen die Stille nach dem Wolfsruf Dorans. Dann hetzte eine dunkle Gestalt in langen Sätzen aus dem Wald heran. Der alte Mann breitete die Arme aus, und Mischa warf sich so heftig gegen ihn, daß Doran zurücktaumelte.

An der Feuerstelle vor dem Haus saßen sie sich gegenüber und betrachteten einander liebevoll. Schrundig, von kleinen aufgeschürften Kratzspuren, war Mischas Haut. Gewachsen war er, und in seinem Körper wohnte die ungebändigte Kraft der Wildnis. In seinem Haar hatten sich einige Kletten verfangen und es verknotet. Aber das Feuer in seinen Augen leuchtete lebendig wie der neugeborene Tag nach gewitterdurchtoster Nacht.
„Da bin ich wieder“, lächelte Mischa.
Stumm und gleichzeitig voller Stolz nickte Doran. Der junge Mann, der da bei ihm saß, hatte wirklich nichts mehr mit dem Heranwachsenden zu tun, den er im vergangenen Herbst verabschiedet hatte.
„Wo ist dein Wolf?“ fragte er schließlich.
„Er ist zu seinem Rudel zurückgekehrt“, antwortete Mischa.
Fragend hob Doran seine Augenbrauen.
„Keine Sorge“, beruhigte Mischa den alten Mann. „Er ist in mir und ich in ihm. Ich werde seinen Ruf hören und er den meinen. Wir sind Brüder geworden.“
Zufrieden nickte Doran und warf einen dicken Scheit Fichtenholz auf das funkensprühende Feuer.
Dann erzählte Mischa von der Zeit, in welcher er alleine mit dem Wolf zusammen war. Wie er Waldmäuse für ihn gefangen hatte, bis dieser groß genug war, selbst zu jagen. Und wie der junge Wolf, im harten Winter, ihn mit Nahrung versorgt hatte. Wie sie miteinander gekämpft hatten als er versuchte, ihn dazu zu bringen, seinen Befehlen zu gehorchen. Und wie ihm der Wolf später das Wunder seines nächtlichen Rufes gelehrt hatte.
Ohne etwas dazu zu sagen, hörte ihm Doran aufmerksam zu. Das wohltuende Schweigen des Verstehens hüllte die beiden ein, als Mischa geendet hatte.
Am nächsten Morgen erwachte der alte Mann durch die wuchtigen Schläge einer Axt. Er trat vor sein Haus und sah Mischa, der am Waldrand einen Baum fällte. Als er zu ihm ging, wischte sich der junge Mann den Schweiß aus dem Gesicht und lehnte sich auf die große Axt. „Ich werde mir ein Haus bauen“, sagte er.
„Das ist gut“, erwiderte Doran, ging zurück und kehrte kurz

darauf wieder, seine eigene Axt über die Schulter gelegt.
Im frühen Sommer war das Haus fertiggestellt. Es lag jenseits der Felder, am anderen Rand der Lichtung.
Abends saßen die beiden oft zusammen, besprachen die tägliche Arbeit auf dem Feld, die nächtlichen Jagdausflüge Mischas, beobachteten den Mond oder schwiegen einfach lange Zeit gemeinsam. Manchmal wanderten sie zu dem kleinen Zelt im Wald, entzündeten dort heiße Feuer, schwitzten sich die Last des Alltags aus dem Leib und trommelten und sangen.
Eines Tages sagte Mischa zu Doran: „Ich fühle mich einsam in meinem Haus. Ich werde ins Dorf gehen, um nach einer Frau für mich zu suchen."
„Es ist an der Zeit", sagte Doran und nickte bedächtig.
In den folgenden Wochen und Monaten bekam Doran den jungen Mann kaum mehr zu sehen. Tage- und nächtelang blieb er verschwunden, und die Tür zu seinem Haus war verschlossen.
Als die Bäume schon wieder leergefegt waren, und der Winter sich mit ersten Frostnächten ankündigte, klopfte es spät am Abend an Dorans Tür.
Es war Mischa. Wortlos trat er ein und setzte sich.
Der alte Mann ging einen Krug mit Wein holen.
„Was ist mit mir?" verlangte Mischa zu wissen, als Doran neben ihm Platz genommen hatte. „Die jungen Frauen im Dorf scheinen mich zu lieben, solange sie mich nicht kennen. Sobald ich aber die Nächte mit ihnen teile, bekommen sie Angst vor mir und stoßen mich zurück."
Mit steilen Zornfalten zwischen den Augen stürzte er einen Becher Wein hinunter und stellte ihn danach hart auf den Tisch zurück.
Doran sah ihm in die dunklen Augen. „Du hast den Wolf in dir", sagte er dann.
„Was willst du mir damit sagen?" brummte Mischa ärgerlich.
„Du unterscheidest dich sehr von den anderen jungen Männern im Dorf", erklärte der alte Mann ruhig weiter. „In ihnen lebt der abgerichtete Hund, den sie einst geschenkt bekamen. In dir ist ein Wolf herangewachsen, der nicht aufs Wort gehorcht, der weiß was er will."

„Und was hat das mit den jungen Frauen zu tun?"
Doran schenkte die beiden Becher wieder voll. Er nahm einen kräftigen Schluck und begann zu erzählen:
„In jenen Zeiten, als es noch zum Brauch des Erwachsenwerdens gehörte, daß alle Knaben ein Wolfswelpen geschenkt bekamen, um mit ihm gemeinsam den Weg zum Erwachsenen zu gehen, war es auch Sitte, daß die Mädchen, wenn der richtige Zeitpunkt gekommen war, ein Schlangenei erhielten. Dieses Ei hatten sie zu behüten, und sie mußten darauf achten, daß ihm nichts geschah. Wenn dann die kleine Schlange die dünne Schale brach und schlüpfte, versorgte es die werdende Frau mit allem, was sie brauchte, um zu wachsen."
„Eine Schlange?" fragte Mischa ungläubig und rümpfte die Nase. „Eine giftige?"
Doran nickte. „Ja", sagte er.
Als er sah, wie den jungen Mann ein Schauer überlief, fragte er spöttisch: „Hast du Angst vor Schlangen?"
„Nun ja", versuchte sich Mischa herauszureden, „ich weiß nicht so recht."
„Wie die jungen Männer einst von den Wölfen lernten, so lernten auch die Mädchen von den Schlangen. Nahmen sie in sich auf und wurden zur Frau."
„Von den Schlangen? Das verstehe ich nicht!" gab Mischa zu.
„Schlangen sind weise", erklärte Doran geduldig. „Sie zu verstehen, heißt die Welt begreifen."
„Aber sie sind giftig!" warf Mischa ein.
„Ihr Gift kann töten oder Leben spenden. Wie jedes Gift ist auch das ihre ein Heilmittel, wenn es richtig angewendet wird. Hast du dir noch nie Gedanken darüber gemacht, weshalb es so viele weise Frauen gibt, die heilkundig sind, und nur wenige Männer diese Fähigkeit besitzen?"
Mischa schüttelte nachdenklich den Kopf.
„Das sind die Frauen, welche ihr Schlangenei und die geschlüpfte Schlange mit Achtung und Ehrfurcht behandelten. Die wenigen, welche mit ihrer Schlange wuchsen und lernten und sich von der immerwährenden Wandlung und Erneuerung nicht schrecken ließen. Aber dieser alte Brauch wird im Dorf

ebensowenig geachtet wie jener, der den Knaben helfen sollte." Doran grollte vor verhaltenem Zorn. „Die Mädchen bekommen heute zwar noch das Schlangenei, aber der kleinen Schlange werden die Giftzähne ausgebrochen, sobald sie geschlüpft ist. Das, was da im Dorf durch die Häuser kriecht, ist nur noch ein schwächliches Gewürm, welches von Küchenabfällen und toten Insekten lebt, sich nicht mehr selbst ernähren kann und ständig auf der Hut sein muß, nicht zertreten zu werden. Hüte dich vor den Frauen, deren Schlangen die Giftzähne ausgebrochen wurden", sagte er und blieb vor Mischa stehen. „Sie haben vieles nicht gelernt und werden es wohl niemals lernen in ihrem Leben. Diese Frauen haben die ausgebrochenen Giftzähne immer bei sich, und sie scheuen sich nicht, sie zu benutzen."
„Heißt das, ich werde mein Leben alleine leben müssen, Doran? Ist dies nicht ein Preis, der zu hoch ist?"
„Du wirst dir die Antwort selbst geben müssen, Mischa", antwortete der alte Mann. „Willst du den Wolf in dir opfern? Kannst du deinen Bruder töten?"
„Was rätst du mir, Doran", wollte Mischa mit leiser, unsicherer Stimme wissen.
„Geh in das kleine Zelt", sagte der alte Mann. „Geh hin, entzünde ein Feuer, trommle und rufe deinen Bruder. Gemeinsam werdet ihr die Antwort finden."

Geduckt jagte der Wolf durch die Nacht. Seine Pranken schienen über dem Waldboden zu schweben. Er dampfte vor geifernder Anstrengung. Er hatte den vertrauten Ruf gehört und folgte ihm. Er hetzte durch einige grasende Rehe, die erschreckt auseinanderstoben; er brach durch dorniges Gebüsch und riß sich dabei Büschel seines dichten Felles aus. Er stürmte vorwärts wie ein Unwetter, bis er vor dem kleinen Zelt stand. Ein eintöniger, eindringlicher Singsang und das gleichförmige Schlagen einer Trommel drangen heraus. Der Wolf setzte sich auf seine Hinterläufe und schöpfte Atem. Dann durchbrach

sein durchdringendes Heulen den Gesang und den Rhythmus der Trommel.
Mischa setzte sich ihm gegenüber, ließ seine Hände durch das dichte Fell wühlen und vergrub sein Gesicht darin.
Der Wolf preßte seine feuchte Schnauze in die geöffnete Hand Mischas. So saßen die beiden lange Zeit reglos, bis der Mond über die dunklen Baumwipfel gestiegen war.
Wie auf ein geheimes Zeichen lösten sich Mischa und der Wolf voneinander, legten den Kopf in den Nacken und sangen das alte, geheimnisvolle Lied in den Nachthimmel, bis die Welt für sie nur noch aus Himmel, Mond und Gesang bestand.

❡

Mischa und der Wolf kamen zu Doran, als der Mond sich ein weiteres Mal gerundet hatte. Während der Wolf geräuschlos die Umgegend erforschte, saßen die beiden Männer auf der Bank vor dem Haus.
„Ich will mich von dir verabschieden", begann Mischa ein wenig zögernd das Gespräch.
Doran nickte schweigend. Er starrte in die Nacht, als wolle er hinter dem hellen Schein des Mondes die Sterne entdecken.
„Ich kann meinen Bruder nicht abrichten. Ich will ihn nicht zu einem folgsamen Hund machen", versuchte Mischa zu erklären, als der alte Mann weiter stumm blieb. „Wir werden uns gemeinsam auf den Weg machen, eine jener Frauen zu finden, welche das Schlangenei achtsam behandelten und der Schlange die Giftzähne nicht ausbrachen."
Der alte Mann legte einen Arm um Mischas Schulter. „Du weißt, daß dies nicht einfach sein wird", sagte er.
Mischa nickte, in seinen Augen leuchtete die Zuversicht. „Ich habe meinen Bruder dabei. Er wird mir helfen."
Im nahen Dorf begann ein Hund wild zu kläffen. Andere fielen ein und schließlich schien es, als bellten sich alle Dorfhunde die Kehlen heiser vor Aufregung.
Mischa und Doran lauschten in die Nacht.
Ein einsames, kraftvolles Wolfsheulen legte sich über das Dorf

und stieg in den Himmel. Der vertraute Ruf ließ Mischa vor Freude erschaudern und die Dorfhunde vor Ehrfurcht und Schreck verstummen.
Stolz lächelnd stand Mischa neben Doran und lauschte dem Lied seines Bruders.
Dann umarmte er den alten Mann zum Abschied, schulterte sein Bündel und sagte: „Es ist besser, als ein Wolf zu sterben, denn wie ein Hund zu leben!“

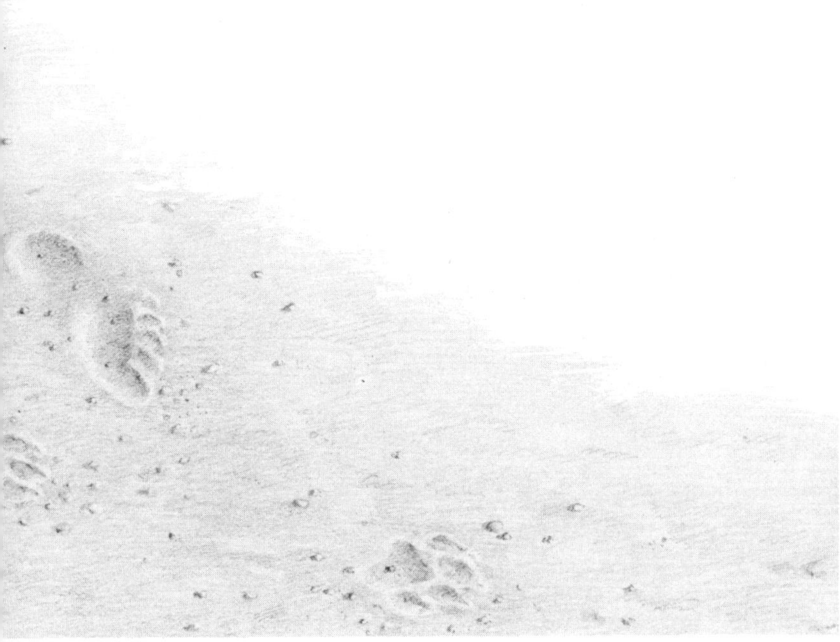

Jürgen Werner
Pflücke den Tag

Sie kamen von den großen Städten entlang der Flüsse und von den kargen Dörfern, die seit Jahrhunderten wie Schwalbennester an den unzähligen Berghängen kleben. Und doch waren es nur wenige, die sich mit schweren Schritten und leeren Gesichtern auf den ungewissen Weg machten, den längst vergessen geglaubten Zauber des Augenblicks zu suchen. Männer und Frauen folgten dem leisen, kaum mehr fühlbaren Rhythmus ihrer Herzen, um etwas zu finden, das, wenn man es schließlich besaß, zwischen den Fingern zerrann.

Ein alter Magier, mit einem Gesicht aus Lachen und aus Weinen, welches älter schien als die Zeit, wies ihnen den Weg. Getrieben von seinem letzten Traum, war er dazu entschlossen, den wenigen Menschen, die ihm vertrauten, die unbeschreiblich schöne Magie des Moments zu vermitteln.

Mit einer kaum merklichen Handbewegung hieß er die kleine Gruppe, sich um ihn zu versammeln. Erschöpft ließen sie sich auf die saftige Wiese fallen, die feucht in der klaren, mondhellen Nacht schimmerte.

„Nonay, setz dich." Der alte Mann ließ die Hand des Jungen los, der ihm auf dem ganzen Weg nicht von der Seite gewichen war, und deutete auf den Platz zu seinen Füßen. Jeden einzelnen betrachtete er nachdenklich, sah in ihre müden Gesichter, erhaschte ihre ausdruckslosen Blicke und spürte die tiefschwarze Leere in ihren Herzen.

„Hier ist der Ort, an dem wir von neuem lernen wollen, das Leben fest in Händen zu halten. Es gibt nur noch wenige Menschen, welche die Rätsel der Zeit verstehen, die geheimnisvolle Kraft der Vergänglichkeit. Aber in jedem von euch steckt noch ein Funke Leben, der gegen dieses ständige Warten auf etwas, von dem man nichts anderes weiß, als daß man darauf wartet, aufbegehrt. An den Rändern eurer Seelen, die in ihrem Inneren schwer sind von der Last der toten Tage, von nicht gelebter Zeit, spürt ihr einen Hauch von Leichtigkeit. Kein Zauber kann euch diese Tage je wiederbringen, und nur eine Kraft kann gegen diese Macht, die jeden von uns umgibt, bestehen: Der Mut, den Augenblick zu lieben."

Jeden einzelnen berührte der Magier am Herzen und nahm ihnen so den Ballast der toten Tage aus den Seelen. Feiner grauer Sand fiel zu Boden und bildete eine winzig kleine, unbedeutend erscheinende Insel inmitten des satten Grüns. Mühsam bückte sich der alte Magier, nahm eine Handvoll Sand und ließ ihn langsam durch die Finger rieseln. „Jedes Korn ist ein Tag, der verging, ohne daß sein Recht auf Leben verwirklicht wurde. Von nun an wird jeder tote Tag hier seine letzte Ruhestätte finden, als warnendes Zeichen, die Zeit nicht zu verhöhnen. Wir müssen ein weithin sichtbares Mahnmal erschaffen, welches die Menschen die Leere in ihren Herzen und die Schwere in ihren Seelen spüren läßt. Warnung und Verlockung zugleich soll es sein, auf daß jeder einzelne das Leben in seiner Schönheit, aber auch Unwiderbringlichkeit, verstehen lernt."

So begannen sie, anfangs stumm, dann fröhlich lachend, nach den Weisungen des alten Mannes auf dem grauen Sand eine Waage zu bauen. Die Waage des ewigen Lebens, gebaut auf nicht gelebter Zeit.

Jener Tag, der die ständige Jagd nach dem Morgen durch sein Auftauchen im vierten Jahr verspottet, sollte die Zeit der Prüfung sein. Von Sonnenaufgang bis Sonnenuntergang würde die Waage für diejenigen bereitstehen, die glaubten, im Jetzt keine Erfüllung zu finden. Das ewige Leben für jeden, der schwerer wiegt als ein morgendlicher Tautropfen, dessen ganzes Leben in einem Augenblick gebündelt ist. Aber wer sich einmal diesem Weg verschrieben hat, muß jeweils im vierten Jahr von neuem die Waage betreten, um sein Recht auf die Ewigkeit zu bestätigen. Und sollte einmal das Gewicht des Tropfens schwerer sein, ist sein Leben mit dem Tag beendet.

Als das Bauwerk vollendet war, versammelten sie sich um den alten Magier. Ihre Gesichter waren von Leben erfüllt, und der kaum mehr fühlbare Rhythmus ihrer Herzen war in ein kräftiges Schlagen übergegangen.

„Es wird Zeit", begann der alte Magier, „daß ihr für euch ein

Dorf baut. Das Tal ist fruchtbar, das Meer nicht weit. Beginnt im Hier und Heute, vergeßt nie, die Waage zu achten und erinnert euch immer an die Worte, die wir in dieser Nacht in die kupfernen Waagschalen gehämmert haben."
So gingen sie, und nur der Junge blieb bei dem alten Magier.
„Deine Aufgabe soll es sein, diejenigen, die die Waage im vierten Jahr betreten wollen, vor der trügerischen Verlockung zu warnen. Du sollst der Wächter der Waage sein."
Nonay nickte stumm, während sich der alte Mann auf den Boden setzte und gegen die marmorne Säule zwischen den Waagschalen lehnte. „Und vergiß nie! Allein die Macht deiner toten Tage läßt dich von nun an altern. Helfe den Menschen, den Sinn unserer Mahnung zu verstehen und immer wieder von neuem in ihrer Erinnerung zu verankern."
Der Magier schloß die Augen und hörte auf zu atmen. Nonay hatte den alten Mann mit der unerschütterlichen Liebe eines Kindes verehrt, doch die Tränen, die er jetzt für ihn vergoß, waren die eines werdenden Mannes. Traurig stand er vor den blanken Waagschalen und las die gehämmerten Worte:

Pflücke den Tag.

Nonay bückte sich und blies einige graue Sandkörner, die im Licht der Sonne verstohlen glänzten, von einer der Schalen.

❡

Der ewige Fluß des Lebens läßt sich nicht betrügen. Die Zeit kennt keine Ewigkeit. Sie existiert einzig und allein im Augenblick.
Ungeachtet aller Weisheit, trotz des weithin sichtbaren und mahnenden Zeichens der Zeit, die Macht der toten Tage konnte selbst der alte Magier nicht aufhalten.
Der Berg aus dem grauen Sand der toten Tage war mittlerweile so hoch, daß die Menschen im Tal längst den Sinn dieses mahnenden Zeichens vergessen hatten. Was schließlich blieb, war allein die Verlockung des ewigen Lebens. Edelleute und Bettler gleichermaßen erlagen dem Reiz, ohne je verstanden zu haben, was der alte Magier mit dem Bau der Waage wirklich

wollte. So gelang es niemandem, die Waagschale zu seinen Gunsten zu senken, und die Suche nach dem ständigen Morgen wurde zum Mittelpunkt jeglichen Seins. Selbst Nonay konnte dieser Macht nie ganz widerstehen. Sie verzehrte ihn, und langsam, unsagbar langsam, aber so unerbittlich, wie die Brandung des Meeres einen Stein aushöhlt, alterte Nonay.

❡

Morgen ist es wieder soweit. Nonay kneift das linke Auge zusammen und tritt einen Schritt zurück. Prüfend betrachtet er sein Werk. Die beiden kupfernen Waagschalen müssen noch poliert werden, bis sie blank das gleißende Sonnenlicht widerspiegeln. Noch hält der feuchte Atem der Nacht die schlanke Marmorsäule gefangen, die in ihrem matten, blassen Weiß im Mondlicht glänzt. Die bronzenen Balken und Bügel sind stumpf, wie der Pflug des Bauern nach einem langen kalten Winter, und die Ornamente versteckt, hinter der Patina der Vergangenheit. Seufzend schüttelt Nonay das weiche Fell und reinigt weiter die Waage.
Als die Sonne hoch am Himmel steht, prüft er die vielen kleinen Zahnräder, die wie erstarrte Ameisen ungeduldig darauf warten, wieder ineinanderzugreifen. Sorgfältig, mit sanften Bewegungen, bringt er die feine goldene Nadel, deren hauchdünne Spitze über der linken Waagschale hängt, zum Glänzen. An ihr würde sich morgen in aller Frühe der letzte Tautropfen des beginnenden Tages sammeln, um in die Kupferschale zu fallen. Und wie schon so oft, wenn die Glieder besonders schmerzen, und die Sonne erbarmungslos die letzten Kräfte aus seinem Körper saugt, fragt sich Nonay, weshalb er diese Arbeit immer noch auf sich nimmt.
Die Menschen, sinniert er traurig, nähren sich von ihren Erinnerungen und leben für ein ständiges Morgen. Doch damit töten sie den Augenblick. Früher war dieser Tag ein Fest, an dem all die Menschen im Dorf ihr Leben wahrlich in Händen hielten. Der Berg wuchs nur langsam, tote Tage gab es nur wenige, und niemals hat jemand die Waage betreten, denn die gro-

ße Verlockung war Prüfung genug, dem eigenen Leben ein Stück vom Hier und Heute zu schenken.
Mit einem wehmütigen Lächeln wirft Nonay die schweren Gedanken ab und widmet sich nochmals den Zahnrädern, Treibriemen, Ösen und Ornamenten.
Ein frischer Wind trägt ausgelassene Musik zu ihm herauf. Unten im Dorf wird die Hochzeit von Saminia und Selim gefeiert. Schade, daß sie ausgerechnet heute heiraten, denkt Nonay. Aber wenn ich mich beeile, kann ich das Ende des Festes vielleicht noch miterleben.
Schon lange ist die Sonne am Horizont ins Meer getaucht, als sich Nonay auf den Weg macht. Bis ins Tal ist es noch weit, doch die Aussicht auf ein frisch gebrautes Bier, ein knusprig gebratenes Stück Fleisch und gesellige Worte ist verlockend.

„Ich liebe dich."
„Ich liebe dich." Sanft streicheln Selims Hände über Saminias Körper. Ihre Nasenspitzen berühren sich, rutschen manchmal ab, ein hingehauchter Kuß, liebevolle Worte, zärtliche Umarmungen.
„Du bist meine Frau. Ich liebe dich", flüstert Selim und streichelt ihr Gesicht, den schlanken Hals, die festen Brüste.
„Du bist mein Mann. Ich liebe dich", haucht Saminia in Selims Ohr und zieht ihn verlangend zu sich herunter. Fest liegt sein junger Körper auf ihr. Schweiß perlt von seiner Stirn auf ihre leicht geöffneten Lippen. Saminia leckt, als sei es süßer Nektar. Ihre Körper pressen sich fester aneinander. Sie werden eins.

„Deine samtweichen Haare streicheln
Deinen Körper mit Zärtlichkeit bedecken
Schmetterlingsgleich dein Herz umschmeicheln
Im Spiegel deiner Augen unsere Liebe entdecken."

Zufrieden kuschelt sich Saminia in Selims Arm. „Mit Liebesgedichten hast du mich umworben, mit einem Gedicht um meine Hand angehalten, und nun hast du mich zur Frau gemacht. Wenn dieser Augenblick doch nie vorüberginge."
„Es wird immer so sein, weil ich nie aufhören werde, dich zu lieben."
„Versprich mir das", bittet Saminia, um noch einmal seine liebevolle Stimme zu hören.
„Es wird immer so sein. Nur der Tod allein kann unser Glück beenden."

❡

Dunkel und still liegt das Dorf da. Nonay ist zu spät gekommen. Betrübt geht er an den langen Tischen vorbei, auf denen noch die Reste des Festmahls stehen. Na also! Zufrieden reibt er sich die Hände. Eine Schweinshaxe liegt unberührt auf einem großen Holzbrett, und das Bierfaß klingt, als wäre noch genug vom köstlichen Naß in seinem Bauch. An der kalten Keule nagend, den schäumenden Krug Bier in der Hand, stellt er sich unter das Fenster der Brautleute und prostet ihnen still zu, als ihn plötzlich ein Kichern aufschreckt: „Nonay, Nonay! Dummer Wächter einer Waage, die niemand interessiert!"
Verärgert blickt Nonay in Richtung des Geräusches. Er kann niemanden entdecken. Doch da sind wieder die spottenden Stimmen zu hören: „So einfach ist es, sich zu wiegen; für zwei, die in der Nacht davor sich lieben; immer wird die Waage dann; sich zur rechten Seite neigen; auf das ewige Leben zeigen."

Was war das?
Durch ein Geräusch aufgeschreckt, blickt sich Saminia im Schlafzimmer um. Die letzten Erinnerungen des Traums verweben sich mit der Realität des Erwachens.
„... zur rechten Seite neigen; auf das ewige Leben zeigen."
Tatsächlich, da sind Stimmen unter dem Fenster. Leise steht sie auf und wirft einen kurzen Blick auf Selim, der still lächelnd

schläft. Sie geht zum Fenster und sieht durch den Spalt der Vorhänge den alten Nonay. Wie alt er wohl ist? Die Alten im Dorf erzählen, daß er seit Urzeiten die Waage des ewigen Lebens bewacht. Ewiges Leben, denkt Saminia. Ewig mit Selim beisammen sein. Ewig seine Liebe spüren.
Neugierig geworden, beugt sie sich ein wenig vor. Zwei häßliche Kobolde tanzen um Nonay. Sie piesacken ihn und bringen den alten Mann in rechte Schwierigkeiten.

„So einfach ist es, sich zu wiegen; für zwei, die in der Nacht davor sich lieben; immer wird die Waage dann; sich zur rechten Seite neigen; auf das ewige Leben zeigen."
Das Kichern klingt verschlagen und böse. Nonay versucht verzweifelt der Kobolde habhaft zu werden. Stets sind sie einen Schritt schneller, eine Bewegung flinker.
„Psst!" Erbost legt er den Zeigefinger an seine Lippen. „Ihr wißt, daß dieses Geheimnis Unglück bedeutet. Es ist der falsche Weg, die Waage zu betreten."
„Aber es gelingt, Macht über sie zu bekommen!"
„Macht, Macht! Wer die Macht sucht, lebt in einem ständigen Morgen", antwortet Nonay barsch.
Die Kobolde lassen sich nicht beirren. „Verrat es ihnen, und du bist am Tag, der das Jahr verlängert, nicht mehr allein. Du hältst die Ewigkeit in Händen! Gib sie den Menschen!"
Die krächzenden Stimmen haben einen lockenden Ton. „So einfach ist es, sich zu wiegen; für zwei, die in der Nacht davor sich lieben; immer wird die Waage dann; sich zur rechten Seite neigen; auf das ewige Leben zeigen."
Erschrocken tritt Saminia einen Schritt zurück. Ihr schien für einen Moment, als ob einer der Kobolde sie aus den Augenwinkeln beobachtet. Schnell geht sie zurück ins Bett, kriecht unter die Decke, kuschelt sich nah an Selim und küßt ihn zärtlich.
„Was ist denn?" Verschlafen legt er einen Arm um sie. „Ich hatte einen so schönen Traum. Wir beide saßen am Strand, waren alt und liebten uns mit derselben Leidenschaft wie heute nacht."
„Dein Traum wird in Erfüllung gehen", lächelt Saminia.

Müde kratzt sich Nonay am Kopf. Noch vor dem erwachenden Tag ist er aufgestanden. Die Feuchtigkeit der Nacht läßt den Tautropfen an der goldenen Spitze der Nadel wachsen. Für Nonay ist es stets der schönste Moment, wenn der erste Schimmer der Sonne über dem Horizont auftaucht, eine goldene Spur auf die Wellen des Meeres legt, um sich schließlich im Tautropfen zu brechen, damit er in den schillernsten Farben funkelt, als wäre die Welt nichts weiter, als ein Tropfen Wasser im Sonnenlicht.

Zwei Gestalten kommen den steilen, sandigen Hügel zu ihm herauf. Nonay erkennt Saminia und Selim. Verwundert beobachtet er die beiden. Während sie forsch und sicher voranschreitet, bleibt er oft stehen. Ziellos schweifen Selims Blicke über den grauen Hügel. Ganz anders Saminia. Keiner ihrer Schritte ist von Zweifeln begleitet, ungeduldig zerrt sie Selim mit sich.

„Wir betreten die Waage des Lebens!“ Saminias Stimme ist bestimmt. In ihren Augen flackert die züngelnde Flamme der Ungeduld. „Selim und ich werden die Waage betreten und das ewige Leben für uns in Anspruch nehmen.“
Erschrocken sieht Nonay die beiden an.
„Auf was wartest du?“ fordert sie, während Selim verstört in gebührendem Abstand zur Waage wartet.
„Saminia.“ Seine Stimme ist nichts weiter als ein Flüstern. „Was geschieht mit mir? Alles ist so leer, so unwichtig. Es ist, als säße ein Blutegel auf meiner Seele. Laß uns zurückgehen.“
„Nein!“ Die Antwort kommt lauter als gewollt. „Vertrau mir!“ Sie zieht Selim näher zur Waage.
„Halt!“
Nonay versperrt Saminia den Weg.
„Verweigerst du uns das ewige Leben?“
„Hier findet ihr es nicht. In den blanken Waagschalen sollt ihr euch wiederfinden, den Zauber des Augenblicks sollt ihr erkennen und nicht einer zweifelhaften Ewigkeit erliegen.“
Mit schnellen Schritten ist Saminia bei den kupfernen Schalen.

„Ich sehe nichts, nur mich selbst. Was soll der Unsinn? Laß uns endlich beginnen.“
Nonay mustert mißtrauisch Saminias Gesicht. „Du hast gestern nacht die Kobolde gehört.“
Selim, der Saminia zu den Waagschalen gefolgt ist, fragt verwirrt: „Welche Kobolde?“
„Das ist mein Geheimnis! Nonay, du hast nicht das Recht, meinen Anspruch auf ewiges Leben zu verweigern.“
Verzweifelt reckt Nonay die Hände zum Himmel.
„Damals, als die Menschen die Gegenwart demütigten, den Augenblick verhöhnten, um einem Morgen zu huldigen, welches allein im fragwürdigen Zwielicht der Zukunft erstrahlte, damals wurde diese Waage als mahnendes Zeichen errichtet. Niemand kann sie betrügen. Nehmt sie als das, was sie ist. Ein Mahnmal, das stets daran erinnern soll, die Liebe in jedem Augenblick zu spüren und sie nicht einer zweifelhaften Zukunft zu opfern.“
Saminia schlingt ihre Arme um Selims Körper. „Erinnerst du dich, Selim? Nur der Tod allein kann unser Glück beenden! Wenn wir die Waage betreten, gibt es für uns den Tod nicht mehr.“
Leer wandern Selims Blicke zwischen den beiden hin und her. Nonays Hände streifen fahrig über sein Gewand. „Bemerkt ihr denn nicht, wie die Sucht nach der Ewigkeit euch verändert, noch bevor ihr die Waage betreten habt. Du, Saminia, hast dein erstes Geheimnis vor Selim, während in ihm das Gefühl von Leere und Unsicherheit wächst. Ihr, die ihr noch nicht einmal wißt, was Leben heißt, beansprucht die Unsterblichkeit!“

Saminia betritt die Waagschale. „Es ist doch völlig egal, wie wir leben. Am Ende wartet doch nur der Tod. Aber Selim und ich, wir lieben uns, und das soll niemals vorübergehen."
„Lebt jeden Augenblick eurer Liebe und laßt ab von der Waage", bittet Nonay, während Selim neben ihm

steht und verständnislos den Streit zwischen den beiden beobachtet.
„Selim, wenn du mich liebst, dann läßt du mich jetzt nicht allein. Wenn dir unsere Liebe etwas bedeutet, dann gehst du mit mir den Weg. Nonay hat leicht reden. Er lebt schon eine Ewigkeit. Er will nur verhindern, daß andere Menschen dasselbe Glück erfahren."
Nonay sieht seine größten Ängste bestätigt. Saminia lebt bereits im Morgen, das Jetzt ist aus ihrem Herzen und ihrer Seele verschwunden.
„Es sind die toten Tage, die mich altern lassen", antwortet er resigniert.
„Tote Tage?" Selims Stimme zittert.
„Vergiß sie! Wir sind hier, um bis in alle Ewigkeit unsere Liebe zu leben!"
Zögernd betritt Selim die Waagschale. Das Gestänge ächzt, der Tautropfen bebt.
„Hol die Gewichte", ruft Saminia siegesgewiß. Selim drängt sich an sie und flüstert: „Ich liebe dich."
„Ihr müßt schwerer wiegen als ein Tautropfen."
„Nur schwerer als ein Tropfen Wasser?" Saminia sieht den alten Mann ungläubig an. „Und das hat seit Jahrhunderten niemand mehr gewagt?"
Nonay antwortet nicht.
Die beiden haben sich entschieden. Er muß sich fügen. So verlangt es das ungeschriebene Gesetz.
„Wenn ihr einmal die Waage betreten habt, gibt es kein Zurück. Jeweils im vierten Jahr müßt ihr diese Prüfung von neuem bestehen!" warnt er sie ein letztes Mal.
Dann löst er den schweren Hebel aus seiner Verankerung. Metall reibt aneinander. Ein Summen und Vibrieren hängt in der Luft, wie die Schwüle des Sommers, kurz vor einem tosenden Gewitter.
Saminia und Selim stehen auf der flachen, kupfernen Waagschale. Gebannt starren sie auf den schlangengleichen Zeiger. Zäh und schwerfällig löst sich der Tropfen, dann fällt er. Endlos lang. Endlos tief. Er zerplatzt auf der von der Sonne erhitz-

ten Schale. Ein kaum merklicher Ruck geht durch die unzähligen Rädchen, Stangen und Scharniere. Die Waage erwacht zum Leben.
Nonay ist einige Schritte zurückgetreten. Mit ernster Miene betrachtet er das Schauspiel.
Vielleicht gelingt es ihnen tatsächlich, es mit der Leichtigkeit des Seins aufzunehmen, hört er die leise Stimme der Hoffnung in seinem Herzen.
Der Zeiger bewegt sich Millimeter um Millimeter. Müde, bleiern schwer, begleitet von einem Geräusch, das klingt wie der Schrei eines gerade geborenen Säuglings, kippt der Zeiger auf die Seite des Lebens: Vier Jahre und einen Tag würden Saminia und Selim keinen Wimpernschlag altern.

¶

„Sie nennen mich Ewania, Hüterin der Ewigkeit."
Stolz berichtet Saminia ihrem Mann, was sie in den letzten Jahren alles erlebt hat.
„Und mir haben sie den Namen Mortan, der die Zeit besiegt, gegeben", entgegnet Selim.
Die Nachricht von der mutigen Herausforderung hat sich wie ein Lauffeuer im ganzen Land verbreitet. Ob König, Fürst, Gaukler oder Kaufmann, jeder will dem leibhaftigen Wunder, Saminia und Selim, begegnen. Anfangs gemeinsam, später getrennt, sind sie kreuz und quer durch die Lande gereist, um der großen Neugier gerecht zu werden. Der Schmerz der Trennung ist gemildert worden durch die Ehrfurcht der Menschen und die Gewißheit, nichts, aber auch gar nichts zu verlieren. Das Heute ist bedeutungslos, im Vergleich zu dem, was das ewige Morgen noch alles zu bieten hat.
Allein ein kleiner Stich in der Seele ist stiller Begleiter auf ihren getrennten Wegen gewesen.
Wie ein Adler, der im Sturzflug seine Beute jagt, fliegt die Zeit dahin. Sie packt die Sekunden mit Heißhunger.

¶

Die Waage steht bereit. Morgen würde das Gewicht des Tautropfens von neuem über Leben und Tod entscheiden.
Saminia und Selim erwarten den neuen Tag. Zwar sind beide erschöpft von den langen Reisen, doch glücklich und kräftig genug, um die Nacht nach ihrem Bilde und dem Geheimnis der Kobolde zu verbringen. Sie erzählen sich von den Geschenken, die sie erhalten haben und den Ehrungen, die ihnen zuteil geworden sind; doch keiner spricht über den Schmerz in der eigenen Seele.
„Laß uns die neuen Namen annehmen", entscheidet Saminia.
„Welche Namen?"
„Die uns die Sterblichen verliehen haben."
„So soll es sein, Ewania, du Hüterin meiner Ewigkeit", schmunzelt Selim.
Die Nacht vor dem wichtigen Tag gehört ganz allein ihnen, die sich nun Ewania und Mortan nennen und ihrer großen Liebe, die sie noch immer füreinander empfinden.
In einer seiner einsamen Nächte hatte Mortan für Ewania ein Liebesgedicht geschrieben und, nachdem die Waage ihre Entscheidung getroffen hat, würde er es ihr ins Ohr flüstern. Leidenschaftlich umarmt er Ewania. Die Gefühle der Nacht entlohnen sie für die Strapazen, für ihre Einsamkeit, ihre Sehnsucht nach der beschaulichen Zeit im Dorf und schenkt ihnen im Moment der Vereinigung eine neue Möglichkeit.

Die Gassen des Dorfes sind gesäumt von Menschen, die erwartungsvoll Ewania und Mortan auf ihrem Weg hinauf zur Waage beobachten. Niemand wagt, ihnen zu folgen. Zu groß ist die Ehrfurcht vor diesem unbeschreiblichen Gefühl der Leere, der Angst und Hilflosigkeit, die jeden ergreift, der den Berg besteigt. Eine seltsame Stimmung hängt in der heiß flimmernden Luft: Hoffnung, Neid, Argwohn, Arglist, Freude und Haß zugleich. All dies begleitet die beiden bei jedem ihrer Schritte.
Nonay wartet stumm darauf, daß sie die Waage betreten. Allein, als er die neuen Namen hört, geht ein leichtes Zucken durch das müde Gesicht.
Die Kräfte der Erde beginnen zu wirken. Selbst die Menschen

im Dorf spüren das Herannahen der Entscheidung. Wird es wieder gelingen?
Die Waage erwacht zum Leben. Der Zeiger neigt sich auf die Seite des Lebens.
„Jetzt bleiben wir in unserem Dorf und bauen ein Haus", flüstert Ewania, dann hört sie den Jubel, der vom Dorf heraufbrandet. So groß ist die Freude über das neuerliche Gelingen, daß Mortan sogar die Verse seiner Liebe darüber vergißt. Ihnen zu Ehren wird ein großes Fest veranstaltet, das drei Tage und drei Nächte andauert.
An keinem Tag wird Nonay auf dem Fest gesehen.

¶

Die Jahre ziehen dahin und legen sich wie schwerer Schnee auf Ewania und Mortans Gemüt. Die einstigen Freunde sind längst gestorben, deren Enkel bereits Menschen in reifem Alter, und für deren Kinder wiederum sind die beiden ewig jungen Menschen etwas Alltägliches. Der Weg zur Waage ist ein einsamer Gang, das Kippen des Zeigers auf die Seite des Lebens eine eintönige Angelegenheit. Allein die Namen erinnern Ewania und Mortan an die Zeit, als die Menschen sie von ganzem Herzen geliebt und bewundert haben.
Gleichwohl bleibt ihnen die große Gnade, mit dem Wertvollsten, was die sterblichen Menschen besitzen, ihrer Lebenszeit, verschwenderisch umgehen zu können. Tagaus, tagein verbringen sie gemeinsam auf ihren Feldern, und bald ist ihr Haus das schönste im Dorf, ihre Wiesen die fruchtbarsten im Tal und die Tiere so fett und gesund wie die des Königs. All das bringt ihnen großen Reichtum und Bewunderung. Heiratet ein junges Paar im Dorf, stiften Ewania und Mortan stets einen großen Ochsen, der auf dem Marktplatz gebraten wird. Für wenige Tage sind sie durch ihr großzügiges Wesen Mittelpunkt der Gemeinschaft. Doch was bedeuten schon Tage, wenn man sein Leben nicht nach der Zeit bemißt. Was ist schon ein Frühling, der nur aus Säen und Pflügen besteht, was ein Sommer, der allein der Ernte dient? Nichts als ein Windhauch, eine kurze küh-

le Brise an einem heißen Sommertag. Schließlich werden aus einem Ochsen zwei, dann drei.

Der Mond kommt zum Ende seiner Bahn, als sich Ewania schlaftrunken im Bett aufrichtet. Müde blickt sie in den erwachenden Tag. Sie hat im Traum die Stimme des alten Mannes gehört, wie war doch gleich sein Name?
Nachdenklich fährt sie sich durch ihre langen, weichen Haare, betrachtet sie versonnen. Die Haare, ihre Haut, ihr ganzer Körper, faltenlos und ohne Makel. Schon lange bürstet sie sich nicht mehr hingebungsvoll und bewundernd vor dem Spiegel. Das Gesicht darin langweilt sie.Wie ein Bach, dessen Weg sich nie verändert, denkt Ewania. Und plötzlich, der alte Mann!
Da weiß sie, daß heute die Nacht ihrer Liebe ist. Bald wird die Sonne am Horizont erscheinen! „Mortan, wach auf!“ Aufgeregt rüttelt sie ihren Mann.
„Laß uns ausnahmsweise etwas später aufs Feld gehen“, bittet Mortan verschlafen und gräbt sich tiefer in die Laken.
„Wach auf!“ Ewania schüttelt stärker.
Widerwillig öffnet Mortan die Augen und ist sofort hellwach, als er begreift, in welcher Gefahr sie schweben. Vor lauter Angst heftig atmend, fallen sie sich in die Arme. Mortan müht sich, die müden Lenden mit pulsierendem Leben zu füllen, während Ewania nervös unter ihm liegt und Liebkosungen in sein Ohr stammelt. Verbissen geben sie sich ihrer Liebe hin, und mit dem ersten Sonnenstrahl rollt sich Mortan erschöpft von Ewanias jungem und festem Körper. Sie haben ihre Aufgabe erfüllt.

Nonay ist in den vielen Jahren, in denen Ewania und Mortan die Ewigkeit leben, weiter gealtert. Der unerbittliche Weg der Zeit hat den Wächter der Waage in seinen Fängen: Mit zunehmendem Alter verläßt ihn der Mut und die Kraft zum Leben, die Macht der toten Tage wird ständig größer.
Betrübt denkt Nonay an jenen verhängnisvollen Tag, als zwei junge glückliche Menschen das Leben im Hier und Heute, gegen ein fragwürdiges, ewiges Morgen, eingetauscht haben.

Der Tag neigt sich zum Ende, als die beiden schließlich die Waagschale betreten.
„Wir haben zum ersten Mal die Nacht unserer Liebe vergessen", keucht Ewania. „Rasch alter Mann!"
Nonay fühlt sich müde. Gebückt geht er zur Waage und erweckt sie zum Leben.
Es dauert lange, bis der Tautropfen fällt. Ewania und Mortan beobachten mit heftig pochenden Herzen den Zeiger, der entweder auf das Ende oder die Ewigkeit weisen würde. Schwerfällig beginnt er sich zu bewegen.
„Ich möchte ein Kind von dir", flüstert Ewania, laut genug, damit der Wind die Worte davontragen kann.
Der Zeiger schwingt ein Stück zurück. Ängstlich klammert sich Ewania an Mortans Arm. Einer Schnecke gleich, kriecht er schließlich auf die Seite des Lebens.
Im selben Augenblick, als die Waage das drohende Ende in die Ewigkeit verwandelt, fällt die ganze Last der Zweifel, die sie auf dem langen Weg zum Gipfel in ihren Seelen mitgeschleppt haben, von ihnen ab. Sie hören nicht mehr Nonays heisere Stimme, die leise zu ihnen spricht. Die Lebensfreude nach der Todesangst, legt sich über ihre Gemüter und begräbt all jene Gedanken, die in der Zeit, als der Zeiger der Waage zwischen Leben und Tod harrte, unter sich. Trotzdem krallt sich etwas tief in ihnen fest. Eine jener Kleinigkeiten, die ihr Werk im Verborgenen verrichten, um den Saft der Liebe und des Lebens aus den Körpern zu saugen.
„Ein Kind!" Nichts ist wichtiger für Ewania. Alles ist gelebt. Übrig bleibt allein die Wiederholung. Sie mühen sich redlich, ein Kind zu zeugen, doch das Glück verweigert sich ihrer Sehnsucht. Ewanias Leib bleibt flach, und mit jedem hoffnungsvollen Darüberstreicheln und der damit verbundenen Angst, daß er niemals anschwellen würde, um einem werdenden Leben Platz zu bereiten, beginnt sie ihr Leben mehr und mehr zu verachten.
Sie sind bei den alten Hexen in den verwunschenen Wäldern gewesen, bei den angesehensten Ärzten, die selbst der König konsultiert, und in engen Gassen, wo fragwürdige Gestalten in

dunklen Kellern nach den magischen Kräften des Universums suchen.
Ohne Erfolg.
Längst ist die Zärtlichkeit der Liebe einem mühevollen Akt der Zeugung gewichen. Und mit jedem Aufbegehren gegen die Entscheidung des Schicksals, entfernen sich ihre Herzen wie zwei Blütenpollen, die der wechselhafte Wind in verschiedene Richtungen treibt.

Sie haben ihre Sprache verloren. Dort wo Gedanken, Gefühle, Träume und Taten die Quelle der Worte finden, ist in ihnen nichts weiter als ein ausgetrockneter Brunnen, an dessen Wänden sich die Schreie nach Zärtlichkeit tausendfach brechen.
Oft beobachtet Mortan, wie Ewania zum Waschplatz geht, dort mit den anderen Frauen plaudert und sogar manchmal lächelt. Er sieht, wie sie ihre Lippen bewegt, Worte formt; doch kein Laut dringt in sein Herz.
Ihr geht es nicht anders, wenn sie erlebt, wie Mortan auf dem Markt um Preise feilscht, erst scherzt, dann wütend dreinblickt, um schließlich seine Handfläche auf die des Händlers zu schlagen.
In diesen Momenten nimmt sie all ihre Kraft zusammen und bildet tief in ihrem Herzen Sätze, die von Gefühlen, von Wünschen und Sehnsüchten erzählen. Doch irgendwo auf dem weiten Weg in sein Herz verlieren sie sich.

Gerädert wirft sich Ewania in ihrem Bett hin und her. Ein schlimmer Traum hat sie in ihren Fängen, und nichts vermag die körperlosen Wesen aus ihren Gedanken zu vertreiben. Noch immer ärgern die beiden Kobolde den alten Nonay, der sich verzweifelt wehrt. Sie rütteln am Gestänge der Waage, schwingen sich behende die schlanke marmorne Säule hinauf, springen in eine der Waagschalen, und immer wieder ist Nonay Ziel ihrer Bösartigkeiten. Doch da ist noch eine andere Gestalt, eine alte Frau, die Ewania seltsam vertraut erscheint.

„Mutter“, stammelt Ewania, verzweifelt darum bemüht, endgültig in das wirkliche Leben zurückzukehren, und wieder hört sie dieselben Worte, die schon die ganze Nacht ihr Herz peinigen. Wie Nebelfetzen huschen die Sätze der schemenhaften Figur an Ewania vorbei. "Du bist meine Zukunft. Gewachsen in meinem Leib solltest du das fortführen, was unsere Mütter seit Anbeginn der Zeit dem ewigen Wandel unterziehen. Doch in deinem Leib steckt bereits die Ewigkeit, dort ist kein Platz mehr für etwas Neues. Du wolltest selbst immer wieder das Neue sein und bist doch stets nur das Alte geblieben.“
„Mutter!“ Mit einem lauten Schrei zerreißt Ewania das Band, welches sie mit der Schattenwelt verknüpft. Der Platz neben ihr ist längst kalt. Ziellos geht sie im Haus umher, verfolgt von den dunklen Gedanken der Nacht. Sie würde niemals ein Kind gebären. Traurig öffnet sie die Fenster, um die warmen Sonnenstrahlen in das Innere des Hauses zu lassen. Sie blickt hinaus und sieht den steilen, grauen Berg. In diesem Moment vergißt sie die Sehnsucht nach einem Kind, die Hoffnung auf Glück. Nur ein Gedanke beherrscht sie. Leben! Heute ist der Tag im vierten Jahr.
Rasch macht sich Ewania auf den beschwerlichen Weg zum Gipfel.

Als stünde ein starkes Gewitter unmittelbar bevor, spürt Mortan eine seltsame Spannung in der Luft. Keine Wolke ist zu sehen. Überhaupt ist heute nichts wie sonst. Immer wieder verhakt sich der Pflug in der harten Erde und läßt die Furchen nicht so geradlinig werden, wie er es gewohnt ist.
Was ist nur, denkt Mortan und läßt den Blick über die Berge schweifen. Ein grelles Blitzen von einem der Gipfel läßt ihn erschaudern. Mit einem Schlag wird ihm bewußt, daß kein Gewitter bevorsteht. Heute ist der Tag. Es ist das vierte Jahr.
Ich muß die Waage vor Sonnenuntergang betreten, damit mein Recht auf Ewigkeit bestätigt wird. Rasch macht sich Mortan auf den beschwerlichen Weg zum Gipfel.

Nonay sitzt zwischen den beiden Waagschalen auf dem Boden.

Das Licht bricht und reflektiert sich auf mannigfaltige Weise an den bronzenen Balken. Er sieht einen Mann, der sich von Süden her den steilen Hang hinaufkämpft. Bedächtig zieht Nonay eine Brille aus dem alten Lederbeutel, der an seinem Gürtel hängt. Zwei kleine kreisrund geschliffene Gläser, verbunden mit einem dünnen Draht, mehr nicht. Doch für Nonays alte Augen eine wirkliche Erleichterung.
„Ja", Nonay nickt versonnen, „tatsächlich, Selim. Doch wo ist Saminia?" Sein Blick folgt der weit geschwungenen, sanft abfallenden Straße ins Dorf. Dort sieht er eine Frau. Noch einmal fällt sein Blick auf Selim. Jeder wählt seinen eigenen Weg, denkt Nonay und steht mühsam auf.

„Schnell, laß mich die Waage betreten!"
Mortans Körper bebt vor Anstrengung.
„Halt! Mir allein steht es zu, die Waage als Erste zu betreten." Entschlossen drängt sich Ewania zwischen Nonay und ihren Mann.
„Setzt euch", unterbricht sie Nonay ärgerlich. „Seht euch den Berg, auf dem die Waage steht, einmal genauer an. Er besteht aus nichts anderem als ungelebten Phantasien, ungelebten

Träumen, Wünschen, Hoffnungen und nicht gelebter Liebe. Unendlich viele, winzig kleine Körnchen, die irgendwann ein Ganzes ergeben und sich zu einem unüberwindbaren Berg erheben. Ihr hattet fast eine Ewigkeit Zeit, das Wunder des Lebens zu begreifen und seid doch nie auch nur an den Rand dieser Weisheit gelangt. Nur gemeinsam könnt ihr die Waage betreten und eurem Schicksal begegnen!"
„Du kannst doch nicht zulassen, daß wir heute sterben." Mortans Worte schwingen unheilvoll zwischen ihnen.
„Sterben?" haucht Ewania. „Ich darf nicht sterben."

„Die Waage des Lebens läßt sich nicht betrügen“, fährt Nonay fort. „Die Nacht eurer Liebe ließ euch leicht werden, wie das Blatt im Wind. Aber die Ewigkeit ist nichts, solange man den Augenblick nicht spürt. Einen Tautropfen kann man nur mit der Seele begreifen. Alles was je in euch steckte, habt ihr verloren; nicht einmal eure Namen sind euch geblieben."
„Was können wir nur tun?“ fragt Ewania verzweifelt. „Es muß doch einen Zauber geben, der uns von diesem Fluch befreit?“
Nonays Gesicht bleibt ausdruckslos. Eine seltsame Wandlung geht in Mortan vor, seit er das Unabwendbare akzeptiert hat. Das zerrissene Band zwischen ihm und Ewania scheint mit einzelnen, hauchdünnen Fasern wieder verknüpft. Längst vergessen geglaubte Gefühle machen sich behutsam auf den Weg in ihr Herz. Erst zaghaft, dann vertrauensvoller, legt er seine Arme um sie. „Wir müssen uns dem Schicksal fügen.“
Ewania zögert. „Wir sind jung, wir können noch nicht sterben. Wir müssen zumindest das Recht haben, unser einst begonnenes Leben, zu Ende zu bringen.“
Ewania kann ihrer Verzweiflung und Trauer keinen Einhalt mehr gebieten. Unaufhaltsam fließen die Tränen. Sie vergräbt ihr feuchtes Gesicht in Mortans Armen und gemeinsam betreten sie die Waage.
Nonay löst den Hebel aus seiner Verankerung. Die Waage erwacht zum Leben.
Wie ein ausgetrockneter Schwamm saugt Mortan jeden Augenblick, jede Winzigkeit in sich auf. Er genießt es, wenn der Wind mit seinen Haaren spielt, und ihm scheint, als höre er das Rauschen des Meeres zum ersten Mal in seinem Leben. Auch Ewania spürt die seltsame Wandlung, die in ihr vorgeht. Wärme, Zuneigung, Gerüche, Geräusche, alles ist plötzlich so nah, so eindringlich, so stark wie Mortans Körper, an den sie sich preßt, und der ihr in diesem Moment Ruhe und Sicherheit gibt. Der Tautropfen löst sich von der goldenen Spitze. Ein Zittern geht durch das Gestänge, und es dauert nicht lange, bis sich die Waage auf die Seite des Schicksals neigt.
„Selim“, flüstert Saminia leise, „Selim, ich liebe dich.“
Nonay ist traurig, als er in die Gesichter der beiden jungen Leu-

te sieht. Was hilft es, daß er sich immer wieder sagt, wie alt Saminia und Selim im Grunde doch sind.

„Gebt euren Seelen die wenige Zeit, die noch bleibt, damit sie euch nach all den verlorenen Jahren wiederfinden können. Es ist ein weiter Weg für sie. Lebt die letzten Stunden, als seien es die ersten und letzten zugleich. Wenn die Sonne im Meer versinkt, werdet ihr sterben."

Selim nimmt zärtlich Saminias Hand. Ohne sich umzuwenden, gehen sie den Berg hinunter. Weder das Dorf, noch die Felder sind ihr Ziel. Sie wählen den schmalen Pfad, der zum Meer führt. Saminia löst sich dabei keinen Augenblick von ihrem geliebten Mann. Sie entdeckt eine grenzenlose Sehnsucht in sich, will Selim fühlen, ganz nah. Jedes zufällige Streicheln, jede sanfte Berührung wird zum funkelnden Diamant in ihrer versteinerten Seele. Verwundert erinnert sie sich an die unzähligen Momente, in denen sie all dies nicht vermißt hat. Selim spürt Saminias warmen und weichen Körper. Er schmeckt das Salz des Meeres und denkt an die Zeit zurück, als er pflügte, ohne dabei den Geruch der Erde in sich aufzunehmen. Still, von Ferne, kommt das Gefühl wieder, das sie vor langer Zeit irgendwo auf ihrem Weg vergessen haben: sich verstehen, ohne ein Wort zu sprechen, sich spüren und nacheinander verlangen, sich lieben, ohne etwas dafür zu erwarten.

Jede Kleinigkeit, ein durch die Luft wirbelndes Blatt, krabbelnde Käfer, blühende Pflanzen, Düfte, Töne, Alltäglichkeiten, wird zum unvergeßlichen Erlebnis.

„Ich liebe dich."

Sanft streicheln Selims Hände über Saminias Körper. Ihre Nasenspitzen berühren sich, rutschen manchmal ab, ein hingehauchter Kuß, liebevolle Worte, zärtliche Umarmungen.

„Du bist meine Frau, ich liebe dich", flüstert Selim und streichelt ihr Gesicht, den schlanken Hals, die schlaff gewordenen Brüste. Sie liegen nackt im heißen Sand, ihre alternden Körper eng aneinandergepreßt.

„Du bist mein Mann, ich liebe dich", haucht Saminia in Selims Ohr und zieht ihn verlangend zu sich herunter. Schwer liegt

sein Körper auf ihr, der warme Wind streicht über ihre Haut. Schweiß perlt von seiner Stirn auf ihre leicht geöffneten Lippen. Saminia leckt, als sei es süßer Nektar. Mit einem leisen Stöhnen nehmen sie sich in die Arme.
Die Sonne steht glutrot am Horizont.
„Wenn doch dieser Augenblick nie vorüberginge." Saminia kuschelt sich in Selims Arm.
„Wir hielten die Ewigkeit in Händen und haben doch nur einen Tag gelebt." Seine Fingerspitzen zeichnen die Konturen in ihrem Gesicht nach. Jeder einzelnen Falte widmet er sich mit grenzenloser Zärtlichkeit.
„Jetzt ist mein Traum in der Nacht unserer Hochzeit doch noch in Erfüllung gegangen." Selims Hände ruhen keinen Moment.
Er möchte Saminia ein letztes Mal entdecken.
Sie fährt mit ihrer Hand durch sein lichter gewordenes Haar.
Er küßt sie liebevoll.
In diesen letzten Augenblicken, als das Leben in seiner ganzen Schönheit und Vergänglichkeit noch einmal an ihnen vorüberzieht, findet Selim ein längst vergessen geglaubtes Bruchstück der Erinnerung wieder. Es ist das Gedicht seiner Liebe, welches er Saminia einst schenken wollte. Vor lauter Freude möchte er die Worte hinausschreien, damit alle Welt hört, wie sehr er diese alte Frau in seinen Armen noch immer liebt. Doch statt dessen vergräbt er seinen Kopf an ihrer Schulter und flüstert leise, so leise, daß selbst der warme Abendwind die Worte nicht verstehen kann.
Das Meer leckt nur noch sacht am Strand.
Sein Körper drängt sich ganz nah an den ihren.
Sie lieben sich ein letztes Mal.

Roland Kübler

Der Liebestrank

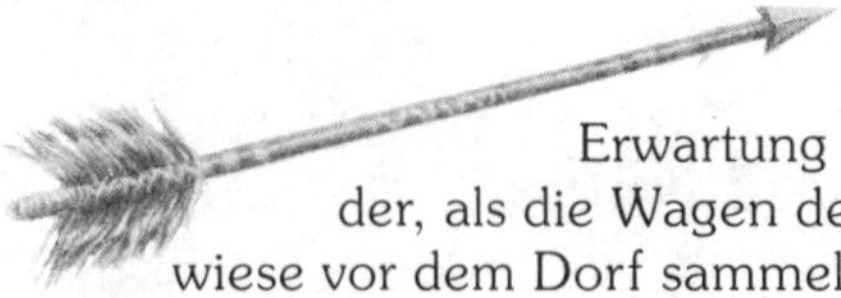

Aufgeregt und voll gespannter Erwartung leuchteten die Augen der Kinder, als die Wagen der Schausteller sich auf der Festwiese vor dem Dorf sammelten. Es war ein heißer Nachmittag im Spätsommer. Träge flirrend lastete die Hitze über dem Land. Neugierig drückten sich die Kinder in den Schatten der Schaustellerwagen herum, um einen schnellen, heimlichen Blick auf eines der vielen Geheimnisse zu erhaschen, die in den großen Kisten, den noch zusammengerollten Teppichen, den mit fremden Schriftzeichen beschriebenen Tüchern verborgen sein mußten. Die Schausteller ließen sie gewähren. Sie wußten wohl, je mehr den Erwachsenen vom fremden, bunten Treiben auf der Festwiese erzählt wurde, umso neugieriger würden sie am Abend den Weg hierheraus finden.
Blutrot bemalten Sonne und vom Wind zerzauste Wolkenfetzen den Abendhimmel. Die Nacht brachte nicht die erhoffte Kühlung, und auch das schon lange herbeigesehnte Gewitter ließ auf sich warten.
In kleinen Gruppen kamen die Dorfbewohner nach dem abendlichen Mahl auf die Festwiese. Die Schausteller und Gaukler, Tierbändiger und Akrobaten, die Feuerspucker, Schlangenbeschwörer, Jongleure, die Kunsthandwerker und Händler hatten ihre Buden und Stände, ihre Auslagen und Tische hergerichtet und aufs Wundervollste geschmückt und beleuchtet. Hier wurden leckere Spezereien angepriesen, dort lockten die Düfte fremdartiger Öle.
Eine Frau auf Stelzen ließ Reifen, Bälle und Keulen durch die Luft tanzen. Ein fahrender Hufschmied brachte seine Esse zum Glühen und schlug mit dem schweren Hammer zum wehmütigen Lied eines Barden den Takt auf dem Amboß. Ungehalten brummte der Tanzbär, als ihn die Kinder zu heftig am Zottelfell zwackten; am Gewürzstand kosteten die Frauen mit angefeuchtetem Zeigefinger von allerlei Scharfem und Süßem, Bitterem und Sauerem; und ein Zauberkünstler ließ Kaninchen und Tauben in einem magischen Hut verschwinden, um sie daraufhin wieder aus dem Ärmel seines weiten, schwarzgoldenen Umhangs zu ziehen.

Die Kinder starrten rund und groß, und auch die Erwachsenen konnten sich der Magie dieses farbenprächtigen Treibens nicht entziehen. Bald schon leuchteten auch ihre Augen in kindlicher Erinnerung und ungetrübter Freude. Die Last des Tagewerkes und das Wissen um den kommenden Morgen voll Arbeit, Mühe, Staub und Schweiß, waren den vielen „Aahs“ und „Oohs“ gewichen, dem Staunen und Lachen, dem Riechen und Schmecken, dem Fühlen und Erleben.
Elena und ihr Mann Maro ließen sich im Fluß der zahlreichen Menschen treiben. Sie bestaunten den alten, zahnlosen, schläfrig blinzelnden Tiger in seinem Käfig, hielten gebührend Abstand, als der Feuerspucker seinen Drachenatem in den Nachthimmel stieß, legten dem purzelbaumschlagenden Äffchen eine kleine Münze in die aufgehaltene runzelige Hand und bewunderten die Fertigkeit eines Zahnziehers, der einem Alten aus dem Dorf geschickt den letzten Zahn entfernte, ohne daß dieser vor Schmerzen aufbrüllte.
Erst spät in der Nacht wurde es ruhiger auf der Festwiese. Die meisten Kinder lagen schon in ihren Betten und lächelten immer wieder still, wenn ihnen ein kleiner, bunter Traum im Schlaf begegnete.
Auch Elena und Maro hatten beschlossen zu gehen, als Elena einen kleinen, spärlich beleuchteten Planwagen, der ein wenig abseits stand, entdeckte.
„Was gibt es wohl dort?“
Maro folgte ihr etwas unwillig, sehnte er sich doch nach dem weichen Bett. „Schau nur“, flüsterte Elena aufgeregt. Die verblichene Plane war mit seltsamen Zeichen, Fabelwesen, vielzackigen Sternen, starrblickenden Augen und geheimnisvollen Mustern bemalt. Getrocknete Krähenfüße, ein zusammengerollter Fuchsschwanz, mehrere Hasenpfoten, ein Rinderhorn, einige balsamierte Feuersalamander und Eidechsen, eine mit züngelnder Zunge erstarrte Schlange, sowie eine Menge anderer Krimskrams, den Maro nicht genau erkennen konnte, baumelten an einer Schnur aus geflochtenem Pferdehaar. Auf einem verwitterten Schild konnte Maro mit Mühe entziffern:

„Elixiere, Salben, Pasten,
denen weder bekannte, noch unbekannte
Krankheiten standhalten können
– Handlesen und Kartenlegen –
Ein Blick in Vergangenheit und Zukunft
Wagt den Schritt herein
und all Eure Vorstellungen werden wahr"

Zwischen Zaudern, Zögern und erwartungsvoller Neugierde drängte Elena: „Komm, Maro, laß uns hineingehen. Wir wollen uns die Karten legen lassen." Und, um ihren Mann zu überzeugen, fügte sie hinzu: „Vielleicht können wir hier auch eine Heilsalbe für unser krankes Fohlen bekommen."
„Dazu brauche ich keine Quacksalber", brummte Maro. „Laß uns gehen. Ich bin müde, und dieser Wagen hier gefällt mir ganz und gar nicht!"
„Ach was", wischte Elena seine Einwände beiseite, „dann geh ich eben allein."
Maro lächelte. Er wußte, wenn Elena sich etwas in den Kopf gesetzt hatte, würde sie es auch tun. „Ich warte zuhause auf dich", sagte er und gab ihr einen Kuß. „Laß dich nicht verzaubern, und merke dir nur die schönen Dinge, wenn du dir die Zukunft vorhersagen läßt."
Maro ging, und Elena sah ihm nach, bis die Nacht ihn aufgenommen hatte.
Gerade, als sie sich dem Planwagen zuwenden wollte, schien ihr, als ob eine schemenhafte, weißgewandete Gestalt ihr aufgeregt vom Rande der Festwiese zuwinken würde. Elena versuchte, in dem spärlichen Licht der niedergebrannten Feuerstellen und den wenigen Fackeln, etwas zu erkennen, doch sie sah nichts mehr.
„Jetzt sehe ich schon Geistgestalten", murmelte sie vor sich hin und betrat entschlossen die knarrenden Holzstufen des Planwagens.
Als sie ihre Hand nach dem Tuch vor dem Eingang ausstreckte, ertönte aus dem Planwagen eine alterslose Frauenstimme: „Kommt nur und wagt den Schritt. Ihr werdet nicht bereuen,

den Weg zu mir gefunden zu haben."
Elena gab sich einen Ruck und schlug das Tuch zur Seite. Bunte Stoffe hingen an den Wänden, viele kleine Spiegelsplitter blinkten daran. Ein dicker Flickenteppich bedeckte den Boden, und auf den Brettern neben Elena standen zahlreiche Dosen und verschlossene Gläser, Karaffen und Phiolen.
„Kommt und setzt Euch", hörte sie die Stimme wieder.
Langsam tastete sich Elena vor, sorgsam darauf achtend, nirgendwo anzustoßen. Als sie auf dem Stuhl saß, konnte sie endlich die Umrisse einer Gestalt erkennen.
„Gebt mir Eure linke Hand", wurde sie aufgefordert. Elena gehorchte und versuchte, in das Gesicht der Frau zu sehen.
„Ich wollte eigentlich nur ein Heilmittel für unser krankes Fohlen kaufen", sagte Elena hastig, als alte, gekrümmte Finger die Linien ihrer Hand nachzuzeichnen begannen.
„Ich weiß", bekam sie zur Antwort. „Ihr werdet bekommen, was Ihr braucht und wollt." Die Frau gab Elenas Hand frei und zog das Tuch, welches dunkle Schatten über ihr Gesicht gelegt hatte, in den Nacken.
Elena blickte in zwei unergründliche Augen, grau wie Bergseen unter winterverhangenem Himmel. Falten und Furchen ohne Zahl hatten sich über ein langes Leben hinweg in das Gesicht gegraben. Dünn und schmal lagen die Lippen wie zwei Messerschneiden aneinander. Elena fröstelte. Eine leise Stimme in ihrem Herzen riet ihr, aufzustehen und zu gehen, doch der durchdringende Blick und die tonlos gesprochenen Worte der Alten zwangen Elena sitzenzubleiben.
„Ich sehe, Ihr lebt zusammen mit einem Mann, den Ihr über alles liebt."
Stumm nickte Elena.
„Glück sehe ich für Euch und Euren Mann. Glück und langes Leben. Liebe und Kinder."
Elena schwieg und starrte die Alte an.
„Das Fohlen wird gesunden", fuhr diese fort. „In einer Woche schon tollt es auf der Weide, als sei es niemals krank gewesen." Die Alte kramte zwischen einigen Dosen, die neben und vor ihr standen. „Streicht das auf die Nüstern. Einmal am frühen

Morgen und nochmals, wenn die Sonne untergegangen ist. Und das", wieder verrückte die Alte Flaschen und Gläser und stellte schließlich eine kleine Phiole mit kristallklarer Flüssigkeit auf den Tisch, „das mischt in den Wein Eures Mannes. Es ist ein Liebeselixier."
„Aber das brauche ich nicht", wehrte Elena ab und schob die Phiole wieder zurück.
Zum ersten Mal lächelte die Alte. Ein dünnes Lächeln, das Elena an Eisblumen denken ließ.
„Habt Ihr nicht manchmal Streit mit Eurem Mann", fragte die Alte mit einer Stimme voll schwingender Verlockungen. „Wünscht Ihr Euch nicht, er würde nicht so oft auf die Jagd gehen und Euch alleine lassen?"
Elenas Gedanken wirbelten durcheinander wie Schneeflocken in einem Wintersturm. Woher wußte die Alte dies?
„Wäre es Euch nicht lieb, er würde sich des abends mehr um Euch kümmern, als mit seinen Freunden zusammenzusitzen oder bis in den frühen Morgen hinein Pfeile und Bogen anzufertigen?"
Elena versuchte vergebens, den rasenden Fluß ihrer Gedanken aufzuhalten. Woher nur, woher war der Alten dies bekannt? Diese redete weiter und weiter. „Wollt Ihr nicht, daß er Euch all Eure Wünsche erfüllt? Wollt Ihr nicht, daß er Euch liebt, so wie Ihr es Euch vorstellt und erträumt?"
Die Alte verstummte. Elena schien es lange Zeit nicht zu bemerken. Dann kniff sie erschrocken die Augen zusammen.
„Niemals", rief sie, „niemals werde ich meinem Mann dieses Elixier zu trinken geben!"
„Niemand zwingt Euch zu Eurem Glück, gute Frau", erwiderte die Alte. „Doch wenn Ihr wollt, daß Euer Mann wird, wie Ihr ihn Euch schon immer gewünscht und vorgestellt habt, nehmt das Elixier. Die Heilsalbe für das Fohlen soll Euch ein Kupferstück kosten."
Noch wie in einem bösen Traum nestelte Elena an ihrem Beutel, gab der Alten die Münze und hastete aus dem Wagen, hinein in das schon lange schlafende Dorf. Erst zuhause bemerkte sie, daß sie die Phiole mitgenommen hatte.

Etwas war anders geworden im Dorf.
Zuerst war es nur der Hauch einer Ahnung, dann der Schatten der Gewißheit, und schließlich merkte es auch Elena.
Es gab keinen Streit mehr zwischen Männern und Frauen. Glücklich und zufrieden, ohne böse Worte, ohne all die kleinen, oftmals mit Absicht herbeigeführten, unzähligen Mißverständnisse, die bösen Spitzen und Sticheleien, lebten die Paare zusammen.
Bis auf Elena und Maro.
Immer noch war Maro oft tagelang auf der Jagd oder beschäftigte sich nächtelang mit seinen Pfeilen und den Bogen, die er für sich und andere fertigte. Und immer wieder gab es bei all ihrem gemeinsamen Glück, unnütze Streitigkeiten und einsame Tage und Nächte.
Als Maro wieder einmal auf der Jagd war, wälzte sich Elena schlaflos vor Sorge und Ärger im Bett. Spät in der Nacht wurde sie von lautem Gepolter aufgeschreckt. Sie ging in die Küche.
„Maro!“ schrie sie entsetzt, als sie ihren Mann sah.
Verdreckt und verschmiert, einen blutverkrusteten Lappen um Schulter und Arm gewickelt,breit und herzlich lachend, ein stolzes, glühendes Leuchten in den Augen, saß dort ihr Mann vor einem Krug Wein.
„Komm“, sagte er, stand auf und legte einen Arm um ihre Schulter. Elena zuckte zurück. Maro stank, als ob er mit einer Dachsfamilie den Winterschlaf verbracht hätte. Doch er drückte sie fest an sich.
„Deine Schulter“, sagte Elena und tastete sie vorsichtig ab.
„Ach was“, meinte Maro leichthin. „Komm jetzt.“
Er zog sie vor die Hütte und nahm die Lampe mit. Erschrocken drückte sich Elena in Maros Arm. Vor ihnen lag ein gewaltiger Bär auf der Erde. Die gebrochenen Augen funkelten selbst im Tod noch gefährlich. An seinen langen Krallen klebte Blut und Erde.
„Drei Tage habe ich ihn verfolgt“, erzählte Maro. „Beim ersten

Kampf habe ich ihn nur verletzt, aber heute nacht konnte er mir nicht mehr entkommen!“
Stolz kniete Maro neben dem Bären. „Einen Mantel werde ich dir daraus machen“, sagte er mit leuchtenden Augen, während seine Hand das dichte Fell durchwühlte. „Einen Mantel, wie es keinen schöneren gibt.“
„Ich habe solche Angst, wenn du jagen gehst“, sagte Elena später, als sie Maros Wunde säuberte und verband. „Dein Platz sollte hier sein, bei mir und unseren Pferden.“
Maros Hand strich sanft über den Schaft und die Federn eines langen Pfeiles. „Schau dir diesen Pfeil an! Niemand im ganzen Land kann einen Pfeil wie diesen fertigen. Weißt du warum?“
Elena schüttelte den Kopf.
„Weil ich ein Jäger bin, und weil in meinen Pfeilen das Lied meiner Seele lebt.“
„Dieses Lied verkündet Tod“, stieß Elena verbittert aus.
Zufrieden nickte Maro. „Du hast recht. Meine Pfeile bringen den Tod“, er hielt Elenas Hand fest, „aber sie sorgen auch für Kleidung und Nahrung.“
„Und wenn dich der Bär getötet hätte?“ begehrte Elena auf. „Warum denkst du denn nicht auch an mich?“
„Ich habe ihn getötet!“ stellte Maro fest, und der Ton in seiner Stimme bedeutete ihr, daß es hierüber nun nichts mehr zu reden gab.
In der Küche wartete Elena, bis Maro sich gewaschen hatte. Das Feuer war neu entfacht, der Topf mit Suppe daraufgestellt und der Weinbecher frisch gefüllt. Mit einem Zug leerte Maro ihn, füllte ihn erneut, holte sich den Topf vom Herd und löffelte und trank, während er von seiner Jagd erzählte. Elena saß still neben ihm und sah ihn aufmerksam an.
Später lag sie in seinem Arm und lauschte dem ruhigen, tiefen Atem.
Am nächsten Morgen stand Maro wie gewohnt auf, aß und trank und ging dann zur Koppel, um nach den Pferden zu sehen. Den Bären und die Jagd erwähnte er mit keinem Wort, obwohl er sonst, wenn er vom Jagen kam, noch tagelang davon sprach und erzählte. Elena schaute unsicher auf die leere

Glasphiole. Fast wünschte sie sich jetzt, sie hätte das Elixier gestern nacht nicht in den Wein gemischt.

Doch in der darauffolgenden Zeit hegte sie diesen Gedanken nicht mehr. Maro verwöhnte sie, las ihr jeden Wunsch von den Augen ab, trug sie auf Händen. Vergessen waren die Streitereien, die langen Auseinandersetzungen über unnötige Nichtigkeiten. Maro war, wie ihn sich Elena immer gewünscht hatte. All ihre Träume, Sehnsüchte, Vorstellungen waren mit einem Mal Wirklichkeit geworden. Sie schwelgte in ihrem Glück und genoß jeden Augenblick davon.

Und so lebte Elena mit Maro Tag für Tag, Nacht für Nacht, Woche um Woche. Maro fertigte nicht mehr nächtelang Pfeile und Bogen. Er ging nicht mehr auf die Jagd, und seine Waffen lagen achtlos in einer Ecke der Hütte.

Es ist, als ob ich ihn mir selbst erschaffen hätte, nur für mich, dachte Elena oft, wenn sie ihren Mann liebevoll ansah.

Der Sommer war verstrichen, und der Herbst bereitete mit farbenfroher Hand das Land für den Winter vor. Die Ernte war eingebracht, die Schober prall gefüllt mit duftendem Heu.

Der erste Schnee fiel früh in diesem Jahr. Das Land wurde still, hielt friedvolle Einkehr unter der dicken weißen Winterdecke. Es gab nicht viel zu tun. Elena kümmerte sich um die Pferde und Maro sorgte dafür, daß immer genügend Feuerholz vorrätig war. Diese Zeit des Jahres war immer die schönste für die beiden gewesen. Die knackenden Holzscheite und Feuersterne im Kamin, die kuschelige Wärme, die langen Nächte voll Nähe und vertrauter Zärtlichkeit, während draußen der Eiswind heulte und jammerte.

Doch in diesem Winter war es Elena oftmals kalt. Stundenlang saß sie am Fenster und starrte, ohne wirklich etwas zu sehen, in den grauverhangenen Himmel, der so tief hing, daß die kahlen, hochgereckten Äste der Bäume ihn zu berühren schienen. Anfangs glaubte Elena, sie sei krank; trank Heilkräutertee und verkroch sich unter dicken Decken, um die Krankheit aus ihrem Körper zu schwitzen. Aber nichts wollte helfen. Maro war wie immer liebevoll, zuvorkommend, geduldig. Der Liebestrank wirkte vollkommen. Elena spürte jedoch eine unbekann-

te, bedrohliche Leere, wenn Maro mit ihr sprach. Und wenn sie in die Augen ihres Mannes schaute, fröstelte sie.
Gleichförmig verstrichen die Tage; und auch die Nächte, früher gefüllt mit phantastisch schönen Träumen, blieben seltsam leer und ohne Leben. Elena hoffte auf den Frühling. Aber auch, als sich die ersten Blumenknospen aus der inzwischen dünn gewordenen Schneedecke hervorwagten, das Schmelzwasser die Bäche anschwellen ließ, mehr und mehr Vögel zurückkehrten, um sich aufs neue Nistplätze zu bauen, der Himmel höher und weiter wurde, änderte sich nichts für Elena.
In einer schon lauen Vollmondnacht lag sie, ohne Schlaf zu finden, neben Maro. Ihre Gedanken trieben dahin wie die Samen des Löwenzahns im böigen Wind. Das Mondlicht versilberte die Blätter des Baumes vor dem Fenster und legte sich wie ein schwereloser Teppich über das Bett. Irgendwo in der Ferne tönte der Klageruf einer Eule, einige Grillen versuchten sich schon jetzt in den Gesängen für den kommenden Sommer, die Pferde in der nahen Koppel schnaubten leise und zufrieden.
Elena richtete sich ein wenig auf und betrachtete Maro. Dieser bewegte fast unmerklich die Lippen und atmete schwer.
Neugierig beugte sich Elena über ihn.
„Nein!“
Kaum konnte sie das feine Wispern hören.
„Nein! – Elena? – Du?“
Noch näher brachte sie ihr Ohr an die Lippen Maros.
„Nein!“ flüsterte dieser immer und immer wieder. „Nein! – Elena? – Du?“
Bewegungslos lag Maro im Bett, die kraftvollen Hände zu blutleeren Fäusten verkrampft.
„Ich?“ hörte sie Maro plötzlich deutlich fragen. „Ich?“
Und dann, als die Anspannung von ihm gewichen war, der böse Traum wohl vorüber, und er wieder ruhiger atmete, murmelte er leise, aber mit einer Stimme voller Schmerz und Trauer: „Wir? – Wir?“
Weinend lag Elena neben Maro. Sie hatte wohl verstanden.
Am nächsten Morgen konnte sich Maro an nichts erinnern. Sicher, erschöpft fühlte er sich und müde. Elena sah jedoch den

winzigen leeren Schatten in seinen Augen, gerade dort, wo früher das Lächeln Maros am farbigsten gefunkelt hatte.
Am Mittag holte Elena die Waffen ihres Mannes. Sorgfältig säuberte sie sein geliebtes Jagdmesser, überprüfte und spannte den Bogen, schärfte die Pfeile und setzte neue Federn ein. Maro beobachtete sie verwundert. Als Elena mit ihrer Arbeit endlich zufrieden war, reichte sie ihm die Waffen.
Verständnislos sah Maro auf Messer, Pfeile und Bogen.
„Aber was ist denn?“ wollte Elena wissen. Maro zuckte mit den Schultern, ließ die Waffen unberührt und ging, um nach den Pferden zu sehen. Erst spät am Abend kehrte er zurück. Er schien erleichtert, als er seine Waffen nicht entdecken konnte.
Elenas Entschluß stand fest: Sie würden sich auf den Weg machen, um diese Alte, diese Wahrsagerin, diese Hexe zu finden. Es mußte ein Mittel gegen das Liebeselixier geben.
Sie packte alles Nötige für eine lange Reise zusammen und trug Maro auf, die Pferde zu satteln. Wie in all der vergangenen Zeit gehorchte dieser, ohne zu fragen wieso, weshalb oder wohin.

Das ganze Jahr ritten Elena und Maro kreuz und quer durch das Land. Sie suchten in abseits gelegenen kleinen Siedlungen und Gehöften, in den vielen Dörfern und auch in quirligen Städten. Überall konnte sie erfahren, daß die alte Wahrsagerin in ihrem geheimnisvollen Planwagen auch hier gewesen war. Wo sie aber jetzt zu finden sei, wußte niemand. Ihre Saat jedoch konnte Elena überall aufgehen sehen. Männer und Frauen, im Bann des geheimnisvollen Liebestrankes, begegneten Elena. Männer und Frauen, denen das Schlimmste angetan worden war, was sich Elena inzwischen vorstellen konnte: Sie waren zu einem Bild ohne Leben geworden, gefangen in den Vorstellungen, die sich jemand anderes von ihnen gefertigt hatte. Gefangen in einem fremden Spiegel, aus dem es kein Entrinnen gab. Geradeso wie Maro, der Elena folgte ohne Frage, ohne Widerspruch. Mit dem selben, liebevollen Blick, mit der

er sie seit jenem Tag ansah, mit dem selben leeren Lächeln, welches er seit jenem Tag lächelte.
Enttäuscht kehrten Elena und Maro von ihrer erfolglosen Suche nach Hause zurück. Die Abendsonne hatte einen sanften Schleier über die harte, grelle Wirklichkeit des heißen Sommertages gelegt. Ein leiser Wind wirbelte feinen Staub über die Hügel.
Die Tür zu ihrem Haus stand offen. Elena zügelte ihr Pferd und schaute sich mißtrauisch um.
„Da ist jemand in unserem Haus, Maro!“ sagte sie. „Wer mag das sein?“
Ihr Mann zuckte die Schultern, stieg vom Pferd und ging mit ihr ins Haus.
„Was hast du hier zu suchen“, empörte sich Elena, als sie eine weißgewandete Frau sah, die in einem Topf auf dem Herd rührte.
„Ich habe euch eine Suppe gekocht“, antwortete die Frau und ließ sich durch die ungehaltene Stimme Elenas keineswegs aus der Ruhe bringen.
„Aber, aber...“, stotterte Elena fassungslos, „dies ist unser Haus!“
„Aber ja doch“, beruhigte die Fremde Elena. „Ich will es euch doch nicht wegnehmen!“
„Ich verstehe nicht“, sagte Elena und versuchte dabei, ihrer Stimme einen gelassenen Klang zu geben.
„Ich habe auf dich gewartet“, stellte die Frau fest, nahm den Löffel und kostete mit prüfend schnalzender Zunge von der Suppe. „Ich denke, es braucht noch etwas Sauerampfer.“ Sie sah Elena fragend an.
Ohne lange zu überlegen, kostete diese von der dampfenden Suppe.
„Salz“, antwortete sie. „Es ist Salz, was der Suppe fehlt!“
Erst dann fiel Elena wieder ein, was die Frau zu ihr gesagt hatte. „Weshalb hast du auf uns gewartet?“ fragte sie.
„Weil ich dir helfen will“, antwortete die Frau und zerrieb getrockneten Sauerampfer zwischen den Handflächen über dem Kessel.

„Aber weshalb und wobei“, wollte Elena wissen, „bei der Suppe etwa?“
„Warum nicht.“ Ein offenes Lächeln huschte über das Gesicht der Frau. Doch dann sah sie Elena ernst in die Augen. „Du hast die alte Hexe nicht gefunden.“
„Woher weißt du das?“ verlangte Elena zu wissen.
„Genügt nicht, daß ich es weiß“, bekam sie zur Antwort. „Niemand kann sie sehen, außer, wenn sie ihr Liebeselixier verkaufen will.“
„Und weshalb nicht?“
„Weil sie sich in ihrem geheimen Garten verbirgt.“
„Und wo ist der?“ verlangte Elena zu wissen.
„Ich werde dir den Weg dorthin beschreiben“, sagte die Frau.
Während die drei am Tisch saßen und die Suppe löffelten, der es weder an Sauerampfer noch an Salz mangelte, sprach die fremde Frau: „Die alte Hexe, wie du sie nennst, Elena, ist mir wohl bekannt. Schon seit langer Zeit treibt sie ihr Unwesen mit den unwissenden Menschen und es scheint, als ob ihre Macht immer größer wird.“
„Aber wer ist sie, und wie kann ich die Macht dieses Liebestrankes brechen?“
Die Frau wehrte mit einer unwilligen Handbewegung ab. „Es gibt nur eine Möglichkeit für dich“, sagte sie bestimmt. „Du mußt dich auf den Weg machen, dorthin, wo die Hexe zuhause ist, in den Garten aller Vorstellungen. Dort mußt du suchen, nach dem, was von Maro, deinem Mann, übriggeblieben ist.“
„Aber, ... Ich verstehe nicht!“ Elena schüttelte heftig den Kopf.
Bis weit nach Mitternacht erzählte die Frau, während Elena mit großen Augen immer wieder Fragen stellte. Maro war schon lange neben den beiden am Tisch eingeschlafen.
Als die Frau schwieg, starrte Elena durch die offenstehende Tür in das nächtliche Dunkel, welches erfüllt war von Zikadengezirpe und dem leisen Murmeln des nahen Baches.
„Ich glaube dir“, sagte sie schließlich zu der fremden Frau „Aber nun sag mir auch, wer du bist?“
Gütig sah die Frau Elena an. „Ich bin die leise Stimme, die du manchmal in deinem Herzen vernimmst. Heute nacht konnte

ich mich dir zeigen. Nein, nein“, wehrte sie entschieden ab, als Elena neugierige Fragen stellen wollte.
Die zwei Frauen umarmten sich schweigend.
„Morgen früh werde ich aufbrechen und all deine Worte beherzigen“, versprach Elena. Die Frau ging in die Nacht hinaus, wurde eins mit ihr und verschwand.
Gerade als die Sonne ihre ersten Strahlen über die von Tau glitzernden Wiesen legte, war Elena bereit zum Aufbruch. Maro, der die Zügel ihres Pferdes hielt, bis sie alle Riemen festgezurrt hatte und im Sattel saß, wirkte zwar unglücklich, gehorchte aber ohne Widerspruch.
„Ich werde bald zurück sein!“ rief Elena ihm zu, stieß dem Pferd die Fersen in die Flanken und galoppierte los.
Drei Tage und drei Nächte ritt sie immer in Richtung der aufgehenden Sonne, bis sie zu einer weiten Ebene mit sanften Hügeln kam. Das Flimmern heißer Luft wogte über dem Meer aus Gras, bis hin zum Horizont. Elena stieg vom Pferd. Erst in der Nacht, war ihr gesagt worden, dürfe sie hinausreiten in diese Endlosigkeit.
Weiches Mondlicht legte sich über die Welt. Die Sterne funkelten seltsam weit und hoch über Elena und nichts war zu hören, außer dem leisen, dumpfen Gepolter der Pferdehufe. Schweißflocken zerstoben am Maul des Pferdes, denn Elena trieb es voran, wie nie zuvor. Noch ehe die Sonne aufgegangen war, mußte sie ihr Ziel erreicht haben. Stunde um Stunde hetzte Elena durch die Nacht, ein dunkelglänzender Schatten, verwachsen mit dem galoppierenden Pferd.
Der Mond zog unerbittlich seine Bahn am Firmament, und schon begannen die kleinen Lichtfunken der Sterne zu verblassen, als Elena endlich die Ebene hinter sich gelassen und an dem dunklen See angekommen war, von welchem die Stimme ihres Herzens gesprochen hatte. Schwarz und still lag er vor Elena. Kein Windhauch kräuselte das Wasser, kein Vogel flog darüber, keiner der Bäume am Ufer spiegelte sich darin. Elena stieg vom Pferd, nahm den großen Bogen und einen jener Pfeile, die Maro immer zur Jagd benutzt hatte. Obwohl ihr das Wasser unheimlich war, stieg Elena ohne zu zögern hinein. Der

schlammige Grund umklammerte ihre Füße, schien sie am Weitergehen hindern zu wollen. Doch Elena ließ sich nicht aufhalten. Schon reichte ihr das Wasser über die Schultern. Ein letztes Mal holte sie tief Luft, dann tauchte sie unter. In dem dunklen, trüben Wasser konnte sie nichts erkennen. Tiefer und tiefer kämpfte sie sich. Als sie felsigen Grund spürte, wußte sie, daß sie kurz vor dem Ziel war. Aufgeregt tastete sie über die Felsen. Ihr Körper verlangte nach Luft. Endlich spürte sie eine schmale Lücke, durch welche sie sich hindurchzwängen konnte. Prustend tauchte Elena in einem engen Höhlengang auf und sog dankbar die stickige Luft ein. Kein Laut war zu hören, außer ihrem heftigen Atem und dem Pochen ihres Herzens. Eine schmale Tür versperrte ihr den Weg. Sie war über und über mit Ornamenten und Schriftzeichen bedeckt, die Elena sofort wiedererkannte. Entschlossen drehte sie an dem goldglänzenden Knauf. Mit einem seufzenden Geräusch öffnete sich die Tür. Helles Licht blendete Elena. Als sie sich daran gewöhnt hatte, sah sie sich neugierig um. Vor ihr lag ein ausgedehnter Garten. Die schmalen Wege zwischen den Büschen, Sträuchern, Blumen und Bäumen waren mit kleinen, hellen Steinchen bestreut, die unter den vorsichtigen Schritten Elenas knirschten. Die verschiedenartigsten Formen von Sträuchern und Büschen erstaunten sie mehr und mehr, je tiefer sie in den Garten hineinging. Sie bewunderte Bäume, die sie noch niemals in ihrem Leben gesehen hatte. Kleine, mit dünnen, biegsamen Ästen und hoch aufragende, mit mächtigen Stämmen. Und doch, eine seltsame, nicht greifbare Stimmung lastete auf diesem Garten. Aufmerksam musterte Elena einen Rosenstrauch. Erst als sie näherging, entdeckte sie daran ein gräuliches Gewächs, welches winzige, farblose Blüten trieb. Suchend schaute Elena sich um. Überall sah sie nun diese, ihr unbekannte Pflanze, die sich wie ein wuchernder Schmarotzer an Blumen, Sträuchern, Büschen und Bäumen festkrallte.
Ein gleichförmiges Hämmern ließ Elena aufhorchen. Vorsichtig schlich sie auf das Geräusch zu. Geduckt, hinter einigen dichten Büschen, sah sie schon bald ein ausgedehntes Geröllfeld vor sich. Unzählige große und kleine Steinbrocken, kanti-

ge und geglättete, schroffe und runde lagen hier aufeinandergetürmt. Und mittendrin, Elena stockte der Atem, saß die alte Hexe. Mit einem spitzen Hammer zertrümmerte sie Steinbrokken um Steinbrocken, nahm etwas aus dem Innern der aufgebrochenen Steine und warf dies achtlos in einen schmutzigen Sack. Elena konnte nicht erkennen, was das war. Wie gerne hätte sie Pfeil und Bogen benutzt, um auf die Hexe zu schießen. Aber sie erinnerte sich an die Worte der weisen Frau. Reglos kauerte sie in ihrem Versteck und beobachtete das seltsame Tun der alten Hexe. Endlich schnürte diese den Sack zu, schulterte ihn und verschwand zwischen den Bäumen und Sträuchern.
Elena lauschte aufmerksam. Erst als sie sich sicher war, nun wirklich allein zu sein, ging sie auf das Geröllfeld. Dort nahm sie den Bogen von der Schulter und legte den farbenfroh gefiederten Pfeil auf die Sehne.
„Möge die Große Göttin die Kraft Maros darin erhalten haben“, sprach sie, als sie den Bogen spannte. Zischend jagte der Pfeil von der sirrenden Sehne. Elena hatte Mühe, ihm mit den Augen zu folgen. Mit einem leisen, fast sehnsüchtigen Pfeifen kehrte er aus dem hellglänzenden Himmel zurück. Atemlos und mit vor Anstrengung tränenden Augen beobachtete Elena ihn. Er schien zu rucken in seinem Flug, so, als suche er und habe noch nicht gefunden. Doch dann schlug seine gehärtete Spitze funkensprühend auf einen kantigen Stein. Elena rannte hin. Die in mühevoller Arbeit gefertigte Spitze war abgebrochen. Ein kleines Stück jedoch steckte im Stein, und feine Risse zeigten, wie groß die Wucht des Pfeiles gewesen sein mußte. Vorsichtig, als würde sie etwas sehr Zerbrechliches aufnehmen, griff Elena nach dem Stein. Sie spürte eine eigenartige Wärme. Quarzadern durchzogen glänzend den Stein, und in ihnen leuchteten alle Farben dieser Welt, wenn Elena ihn in dem hellen Licht drehte.

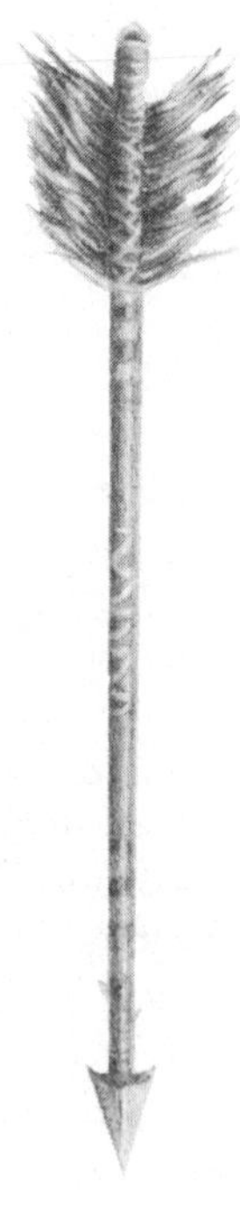

Elena war noch nicht lange gelaufen, als sie die Veränderung fühlte. Der Stein in ihren Händen wurde wärmer und wärmer. Irgendwo hier, ganz in der Nähe, mußte der Platz sein, wo er hingehörte. Suchend sah sich Elena um, und plötzlich erfüllte eine wohlige, fast in Vergessenheit geratene Vertrautheit ihr Herz. Verwundert ging sie auf den knorrigen Olivenbaum zu, der vor ihr stand. Seine Äste waren gekrümmt und gebogen. Die Blätter, die wohl einst grün und silberhell geglänzt hatten, wenn Wind und Licht mit ihnen spielten, waren zusammengerollt, und an den Spitzen zeigten sich erste gelbe Verfärbungen. Die Wurzeln, Elena spürte es, als ob ihr Körper mit dem Baum fühlen könne, versuchten krampfhaft Nahrung aus der Erde aufzunehmen. Doch die Lebenskräfte, welche der Olivenbaum so dringend benötigte, flossen nicht mehr ungehindert im Stamm, in den Ästen und Blättern. Es war das gräuliche Gewächs mit den farblosen Blüten, das dem Olivenbaum die Lebenskraft entzog.
Wie eine schwärende Wunde klaffte bei den Wurzeln des Baumes eine dunkle Lücke in der Erde. Der Stein in Elenas Händen schien glühen zu wollen, so heiß war er geworden. Vorsichtig kniete sie neben dem Olivenbaum, drehte und wandte den Stein, bis er genau in die Lücke bei den Wurzeln paßte. Sie trat ein wenig zurück. Mit einem trockenen Knacken brach der Stein auseinander. Elena erschrak. Hatte sie etwas falsch gemacht? In dem aufgebrochenen Stein bewegte sich etwas. War das die Pfeilspitze? Neugierig trat sie näher.
Eine kleine Raupe kringelte sich in dem Stein, streckte sich und wand den kleinen Kopf prüfend hin und her. Dann krabbelte sie zielsicher los, heraus aus dem Stein, an einer Wurzel empor. Dort begann sie an der gräulichen Pflanze zu fressen, die am Stamm des Olivenbaumes wucherte. Noch nie hatte Elena eine solch gefräßige Raupe gesehen. Das kleine schwarzbepelzte Tier schob sich höher und höher den Stamm hinauf. Keine der dünnen und doch so starken Triebe der gräulichen Pflanze wurden verschont. Und die kleinen, farblosen Blüten schmeckten der Raupe offensichtlich besonders gut. Wieder verspürte Elena eine eigenartige, nie gekannte Nähe zu diesem Baum.

Sie fühlte dessen Erleichterung und den neuen Fluß der Lebenskräfte aus der fruchtbaren Erde. Sie selbst schien mit dem Baum zu wachsen und sich aufzurichten.
Die Raupe war inzwischen an der Spitze des Olivenbaumes angekommen. Zwischen zwei zarten Knospen suchte sie sich einen sicheren Halt und begann dann, hauchdünne Seidenfäden zu spinnen.
Eine kalte Stimme riß Elena aus ihrem Staunen: „Was hast du hier zu suchen?"
Elena zuckte zusammen. Ihr gegenüber stand die alte Hexe und sah sie haßerfüllt an.
„Ich ...", stotterte Elena.
Grob schob die Hexe sie zur Seite und betrachtete prüfend den Olivenbaum. Dann schrie sie böse: „Du hast das Efeu zerstört und die Blüten vernichtet. Das sollst du mir büßen!" Wütend wollte sie nach Elena greifen, doch diese sprang zurück.
„Du glaubst wohl, damit hättest du die Zauberkraft des Liebestrankes gebrochen", geiferte die Alte weiter. „Doch du unterschätzt meine Macht. Es wird nicht lange dauern, und mein Efeu wird den Baum hier wieder überwuchert haben und Blüten treiben wie zuvor!"
„Nicht bei diesem Baum", widersprach Elena. „Du bist zu spät gekommen. Schau!" Sie deutete mit der Hand auf den Seidenkokon der Raupe.
Die alte Hexe wurde weiß vor Wut und Entsetzen.
„Das darf nicht sein!" schrie sie verzweifelt. „Du hast den Stein gefunden und geöffnet! Aber das ist nicht möglich. Welcher Zauber hat dir dabei geholfen?"
„Einer, gegen den du machtlos bist, alte Hexe", erwiderte Elena ruhig. „Der Zauber von Liebe, Mut und Vertrauen!"
Ein feines Knistern drang vom Olivenbaum zu den beiden herunter. Der Kokon bewegte sich, als ob ein sachter Wind ihn schaukeln würde. Dann brach er auf. Vorsichtig und langsam schlüpfte ein farbenfroher Schmetterling daraus hervor. Zitternd faltete er, ein ums andere Mal, seine noch feuchten Flügel auseinander.
Aschfahl war die alte Hexe geworden, als sie dies sah. Kraftlos

fuhr ihre Hand durch die Luft, während sie leise magische Sprüche vor sich hinmurmelte. Doch den Schmetterling schien dies nicht zu kümmern. Leuchtend bunt breitete er seine Flügel auseinander, warf sich in den Wind und flog schaukelnd davon.

Mit einem wehmütigen Aufschrei brach die alte Hexe zusammen. Stöhnend, mit leerem Blick, lag sie auf der Erde und krümmte sich. Fast hätte Elena sich gebückt, um ihr zu helfen. Doch sie erinnerte sich an die Worte der weisen Frau: Du kannst die Hexe nur besiegen, wenn du kein Mitleid fühlst. Denn dein Mitleid würde sie wieder aufrichten, sie würde neue Kraft bekommen und vielleicht sogar Macht über dich.
So drehte sich Elena schweigend um und rannte durch den weitläufigen Garten, um sich auf den Heimweg zu machen.
All die vielen Pflanzen, dachte sie, alle schmachten unter der zerstörerischen Kraft des Efeus der alten Hexe.

Fortwährend überlegte Elena, wie es Maro in den vergangenen Tagen ergangen war, und wie er sie wohl empfangen würde. Sie war sich zwar sicher, daß die magische Kraft des Liebestrankes nun gebrochen war; doch was würde Maro zu ihr sagen? Würde er sie trotzdem noch lieben? Würde er ihr vergeben?
Ihre Gefühle schwankten heftig zwischen freudiger Erwartung und Unsicherheit, als sie endlich zuhause angekommen war. Vorsichtig klopfte sie an die Tür ihres Hauses. Niemand antwortete, nichts regte sich. Elena trat ein und sah sich um. Nichts hatte sich verändert in der Zeit ihrer Abwesenheit.
„Maro", rief sie. „Maro, ich bin wieder zurück."
Doch ihr Mann antwortete nicht. Offensichtlich war er nicht

hier. Auch auf der Koppel konnte Elena ihn nicht finden. Enttäuscht setzte sie sich an den Küchentisch und vergrub ihr Gesicht in den Händen. Sollte alles umsonst gewesen sein? Erst als keine Tränen mehr fließen wollten, und sie sich die Wangen abgewischt hatte, sah sie den kleinen Zettel, der unter einem leeren Weinkrug auf dem Tisch lag.
Es war eine Botschaft von Maro.
„Liebste“, las Elena mit leuchtenden Augen, „gestern habe ich meinen neuen Bogen und die Pfeile fertiggestellt. Wenn du bei mir sein willst, komm zu jener kleinen Schutzhütte im Gebirge. Wer weiß, vielleicht habe ich, bis du kommst, schon einen Berglöwen erlegt. Ich glaube, es ist an der Zeit, daß ich mir neue Kleidung machen lasse.“
Früh am nächsten Morgen sattelte Elena ihr Pferd und ritt dorthin, wo sie Maro treffen konnte.
Doch dies ist eine andere Geschichte, und sie soll ein andermal erzählt werden.

Jürgen Werner

Gaukler der Gefühle

„Treten Sie näher, edle Dame! Kommen Sie näher, edler Herr! Ich bin ein Gaukler der Gefühle, ein tanzender Träumer und größter Zauberer im Zenit der Zeit. Ihre Wünsche und Sehnsüchte sind die Bälle meiner Jonglierkunst. Ein Schmerz im Herz? Ein Stechen in der Seele? Erzählt es dem Gaukler! Schildert es vor aller Ohren, und laßt euch verzaubern von einer Magie, die selbst den guten alten Merlin zum Knappen meiner Künste macht!"
Wie ein bunter Derwisch, der sich einzig von der Lust des Lebens nährt, steht Garwan da. Jung, wild, ungestüm, mit der linken Hand die Kurbel eines alten Leierkastens drehend, während die rechte hemmungslos gestikulierend durch die Luft wirbelt, erzählt er Geschichten aus Ländern, die nur mit dem Passierschein der kindlichen Phantasie betreten werden können. Überall im Land werden seine Geschichten weitererzählt, und ein jeder in dieser Stadt kennt ihn. In seiner Gegenwart scheint die Zeit stillzustehen, das Leid zu verschwinden.
Still lauschen die Menschen seinen Erzählungen, welche von jenen Wundern berichten, die nur des Nachts, wenn die Träume ihre geheimen Tänze vollführen, in den Herzen leben. Und manchmal, um seinem Spiel neue Nahrung zu geben, wünschen sie sich von ihm kleine Wunder. Dann zaubert er Münzen aus ihren Nasen, Federn aus ihren Herzen, oder er läßt den Wein der Händler verschwinden und alle wissen, wo das köstliche Naß später endet. Doch keiner ist ihm deshalb böse, denn niemand nimmt den Paradiesvogel, der gerade einmal zwanzig Lenze zählt, wirklich ernst, wenn er singend und tanzend durch die Gassen streift. Das Leben scheint für den jungen Gaukler Garwan nichts weiter als ein lachender Salto durch die Ringe der Zeit.
Mit schwungvoller Geste, gefolgt von einer tiefen Verbeugung, wie sie nur bei Hofe üblich ist, zieht er seinen mit bunten Federn geschmückten Hut vom Kopf. „Ein Heller für die helle Freude, die ich dem werten Publikum bereitet habe!"

Die Kupfermünzen klimpern in den Hut.
Während die Menschen weitergehen, packt der Gaukler die Keulen und Bälle, das Zaubertuch und seinen magischen Ring in die bunt bemalte, eisenbeschlagene Truhe unter seinem Leierkasten. Leise vor sich hinsummend, bemerkt er nicht, daß ihn eine junge Frau beobachtet. Ihre Augen schimmern in einem Grün, für das allein die Menschen in den fernen Urwäldern das richtige Wort kennen. Das seidig hellbraune Haar umfließt die Schultern und reicht hinab bis zu ihrer schmalen Taille. Garwan hält inne, sieht auf und betrachtet aufmerksam den letzten seiner Zuschauer.
Sie ist eine wahre Schönheit, denkt er im ersten Moment, doch dann sieht er die traurigen Falten in den Augenwinkeln, rissig und hart wie getrockneter Honig, dem die Kälte die Weichheit genommen hat. Da beginnt sein Lachen wie von selbst gegen die Traurigkeit im Herzen dieser schönen Frau anzukämpfen. Mit einer raschen Bewegung zieht er einen bunt schillernden Schal aus der Truhe.
„Und nun verehrtes Publikum! Eine kleine Zugabe für einen irdischen Engel der Schönheit. Achte auf den Schal!“
„Ich möchte fliegen.“
Verdutzt hält Garwan die heftig flatternde Taube, die er gerade aus dem Schal gezaubert hat, in seiner Hand.
„Jeder im Land kennt den Gaukler der Gefühle, überall werden deine wundersamen Geschichten erzählt. Du selbst sagst, daß deine Magie alles zuwege brächte. Ich möchte fliegen! Einmal, vom sanften Wind getragen, dem ruhelosen Flug der Schmetterlinge folgen.“
Garwan läßt die Taube los, die heftig flatternd ihre weiten Kreise über den Köpfen der beiden zieht. Nachdenklich zerrt er an den Zipfeln des bunten Tuches, räuspert sich verlegen und antwortet: „Das ist unmöglich. Sieh mich an, ich bin nur ein Taschenspieler der Träume, meine Welt ist der Schein. Die einzige Magie, welche ich besitze, ist die Kraft, Menschen mit meinen Geschichten glücklich zu machen.“
Plötzlich beginnt der Gaukler um seinen Wagen zu tanzen. Er schwingt die Arme auf und nieder und ruft dabei lauthals:

„Macht Platz ihr Vögel dieser Welt, hier kommt Garwan der Geier."
Sie jedoch läßt sich nicht beirren. „Mach mich glücklich, Gaukler. Hilf mir zu fliegen und verhöhne mich nicht."
Eine einsame Träne sucht sich einen Weg über ihr Gesicht.
Verlegen bleibt Garwan stehen und läßt die Arme sinken. „Ich würde dir gerne helfen, aber es ist unmöglich."
„Dann sind all die Geschichten über die Wunder, welche du vollbracht hast, gelogen? All das Gerede, daß Träume Wahrheit werden, wenn man nur selbst ganz fest daran glaubt, nichts weiter als gedroschenes Stroh aus einem bunt bemalten Gauklerkopf?"

„Nichts davon ist gelogen", unterbricht sie Garwan gekränkt. „Mein Zauber und Reichtum ist das Lachen der Menschen, wenn sie mir in die Welt der Phantasie folgen. Denn dort, im Land der Träume, ist alles möglich. Aber fliegen? Richtig und wahrhaftig fliegen?"
Er reckt hilflos die Hände zum Himmel und schüttelt betrübt den Kopf.
Die junge Frau deutet auf Garwans Holztruhe, in der alles was er besitzt, aufbewahrt ist. „Tief in mir liegt solch eine Truhe verborgen. Von schweren Ketten umschlungen und mit einem massiven Schloß versehen, wartet sie darauf, geöffnet zu werden."
„Weise Worte für eine so junge und schöne Frau." Unbewußt streichelt Garwan über das rissige und gesplitterte Holz. „Was glaubst du, ist in deiner Truhe eingesperrt?"
„Ich weiß es nicht", antwortet sie. „Ich weiß nur, daß ich sie öffnen muß. Und den Schlüssel dafür finde ich, wenn ich fliege."
„Du weißt doch, daß du niemals fliegen wirst. Such einen anderen Weg, um die Truhe in dir zu öffnen, und verlange nicht Wunder von einem Gaukler, dessen einzige Magie das Lachen ist."
„Gewiß weiß ich, daß es nicht einfach ist zu fliegen", faucht sie zurück, „glaubst du, ich wäre sonst zu dir gekommen? Aber ich bin einer trügerischen Hoffnung gefolgt."

Eine tiefe Zornesfalte erscheint auf der ebenmäßigen Stirn. „Du bist nichts weiter als ein langweiliger Narr, dessen langweiliges Leben eine einzige langweilige Lüge ist."
Auch ein Gaukler hat seinen Stolz. „Du willst fliegen?" Garwans Stimme donnert über den Platz. Er zieht eine Grimasse und beginnt von neuem, um seinen Leierkasten zu tanzen, den Schal wie einen bunten Schweif hinter sich herziehend. „Fliegen, fliegen! Du willst fliegen?"
„Ja", kreischt sie ihn an. „Ja, ja, ja!"
Mit einem Mal ist es totenstill. Der Gaukler dreht eine letzte Pirouette, wirft wütend den Schal zurück in die Truhe und brummt vor sich hin: „Ich, ein langweiliger Lügner und Betrüger? Hah! Sie will fliegen? Soll sie fliegen!"
Garwan spürt, wie er Schritt für Schritt den Pfad der Vernunft verläßt. Eine seltsame Unruhe hat ihn ergriffen. Es war nicht der Hohn, nicht ihre Schönheit. Etwas anderes, verborgen in ihren Worten, hatte tief in seinem Inneren etwas geweckt, das bisher hinter dem Lachen versteckt schlummerte. „Was bietest du für einen Flug, der dein Leben auf ewig verändert?"
„Die Erfüllung eines Traumes, Gaukler. Dein Geschäft ist das Spiel mit Träumen. Wenn es dir gelingt, daß ich fliege, werde ich dir einen deiner Träume erfüllen."
Garwan scheint von Sinnen. „Morgen früh, vor den Toren der Stadt, bei der großen Waldlichtung, wirst du fliegen."
Er wirft den Deckel seiner Truhe so heftig zu, daß der Leierkasten wie von Geisterhand eine kurze Melodie aus seinem Inneren ächzt.
„Ich heiße Ninai."
Wenn sie glücklich lächelt, ist sie wahrhaftig eine Schönheit, denkt Garwan, doch nur eine mürrisch klingende Antwort kommt über seine Lippen. „Angenehm, ich bin Garwan der Gaukler."
„Morgen werde ich wirklich fliegen?" Die Hoffnung in ihrer Stimme läßt Garwan erzittern. Plötzlich wird ihm bewußt, was er angerichtet hat. „Ja, ja, morgen."
Rasch macht er sich mit seinem Leierkasten davon. „Da habe ich mir was Schönes eingebrockt", brummt er nachdenklich

vor sich hin, während er, einem schmalen gewundenen Pfad folgend, immer tiefer im Wald verschwindet. „Wenn der alte Olwen keinen Rat weiß, breche ich morgen früh einem wunderschönen Mädchen das Herz."

❡

„Das ist wahrlich ein großes Problem", antwortet Olwen, nachdem Garwan mit seinem Bericht geendet hat. Das Gesicht des alten Magiers wird von einer großen roten Nase beherrscht, die weithin sichtbar seine Freude am Wein belegt. Die lustigen kleinen Augen leuchten wie Glühwürmchen; es sei denn, Olwen ist wütend, dann treten sie dunkel hervor.
„Fliegen?" Er schüttelt verständnislos den Kopf und streicht sich nachdenklich über den Kugelbauch. „Du bist nicht recht gescheit! Was bei den Vögeln so einfach aussieht, ist für den Menschen niemals zu erreichen."
Garwan vergräbt verzweifelt sein Gesicht in den Händen. „Ich verstehe mich ja selbst nicht mehr. Aber Olwen, ich bitte dich! Du hättest sie sehen sollen, als ich ihr versprach, daß sie morgen früh fliegen würde. Niemals zuvor ist mir so viel Hoffnung, Freude und Zufriedenheit begegnet. Ich bin nur ein Gaukler, aber du bist ein leibhaftiger Magier. Gibt es denn keinen Trank, der sie tief schlafen und davon träumen läßt, geflogen zu sein?"
„Mein Junge", schüttelt Olwen den Kopf, „die Zeit der wirklich großen Wunder ist längst vorbei. Vor ein paar hundert Jahren vielleicht, als Manamé, meine Ur-Ur-Urgroßmutter, noch den Zauberstab schwang, waren Wunder dieser Art möglich. Aber heute?"
„Bitte!" Garwan legt seine ganze Hoffnung in dieses eine Wort.
„Ja doch."
Behutsam öffnet Olwen ein großes ledernes Buch, in dem sich all die geheimen Rezepturen finden, die im Laufe der Jahrhunderte von Magier zu Magier mündlich überliefert worden sind. Doch da ein echter Magier meist alt und vergeßlich ist, und deswegen hin und wieder etwas verwechselt oder völlig vergißt,

hat ein schlauer Kopf vor vielen Jahren mit dem Aufschreiben begonnen.
Alter Staub, der seit langem zwischen den Seiten schläft, erwacht zum Leben und bereitet Olwen heftige Atembeschwerden. Hustend und schniefend blättert er Seite um Seite um. Und so kommt es schließlich, daß der alte Magier auf Seite 4238 das passende Rezept für Garwans Problem findet. Ein Zaubertrank, der ihm längst entfallen war. „Das ist es!" Zufrieden klatscht Olwens Hand auf das vergilbte Papier.
„Gute alte Manamé", murmelt Olwen vor sich hin.
„Guter alter Olwen", antwortet Garwan. „Du hast unsere Rettung gefunden! Fang an, bald geht die Sonne auf. Du mußt uns von diesem Unglück befreien!"
„Dein Unglück, mein Junge. Es ist dein Unglück, ganz allein. Fang ja nicht an, mich in deine Schwierigkeiten hineinzuziehen. Obwohl", mit einem Seufzer liest er aufmerksam das Rezept durch, „mir scheint, ich stecke schon mitten drin."
„Nun fang schon mit dem Brauen des Trankes an!" Ungeduldig wie ein kleiner Junge, öffnet Garwan die Tür zu Olwens Labor. Er hat diesen Raum noch nie betreten, doch jetzt, mit der Neugier und der Ungeduld im Rücken, muß er einfach hinein.
„Halt!" ruft Olwen. Doch da ist es schon zu spät. Fassungslos steht Garwan mitten in dem düsteren Raum. Spinnweben, größer als Wagenräder, durchziehen das enge Zimmer. Die Tiegel, Flaschen und Phiolen liegen unter einer dicken Schicht aus Staub verborgen; die meisten Zutaten sind verdunstet oder teilen sich ihr enges Zuhause mit den verschiedensten Schimmelkulturen.
„Ich bin etwas aus der Übung", hört Garwan Olwens zögerliche Stimme.
Nur kurz hängen die dunklen Wolken des Trübsinns über Garwans Seele, danach ist die Hoffnung wieder König seiner Gefühle.
„Dann wird es eben höchste Zeit, wieder mit dem Zaubern zu beginnen."
„Aber", stottert Olwen, „mir gelingt es niemals, bis morgen früh den Trank zu bereiten. Er ist vielfältig und zudem schwie-

rig zu brauen. Ich muß zuerst die richtigen Zutaten besorgen. Das dauert, und außerdem ..."
Der alte Magier reibt Daumen und Zeigefinger aneinander.
„Ich verstehe." Garwan öffnet seinen Lederbeutel, in dem er die wenigen Münzen, die er besitzt, aufbewahrt. „Wann und wieviel?"
Olwen wirft einen prüfenden Blick in Garwans Hand und nimmt das ganze Geld. „Drei Tage."
Er sieht dessen leidenden Blick.
„Zwei?"
Mit einem Seufzer verläßt Garwan die windschiefe Hütte und sucht sich ein stilles Plätzchen im Wald. Zwei lange Tage muß der Gaukler ein wunderschönes Mädchen zur Geduld verführen.

¶

Kaum sind die ersten Sonnenstrahlen über dem Horizont aufgetaucht, macht sich Ninai auf den Weg vor die Tore der Stadt. Sie hat ihr schönstes Kleid angezogen, weiche Seide, damit der Wind unbeschwert mit ihr spielen kann. Glücklich durchstreift sie die Gegend auf der Suche nach dem Gaukler, und schließlich findet sie ihn, tief schlafend unter einer alten, hohen Eiche.
„Aufwachen, du Faulpelz, es wird Zeit! Ich möchte den Tag nutzen, um möglichst weit und lange zu fliegen."
Verschlafen reibt sich Garwan die Augen. „Ich habe nicht behauptet, daß du den ganzen Tag fliegen wirst." Mürrisch richtet er sich auf, und im selben Moment hat er das Gefühl, noch immer zu träumen. Das Wesen, welches vor ihm steht, mit einem Lächeln, das selbst den wagemutigsten Ritter entwaffnet, konnte nur eine Fee aus einer seiner Geschichten sein.
„Hübsch nicht?" Keck dreht sich Ninai im Kreis.
„Nicht gerade zum Fliegen geeignet", kratzt sich Garwan nachdenklich am Kinn. „Aber das ist nicht so wichtig. Zuerst müssen wir ohnehin üben."
„Üben?" Ninai hält mit ihrem Ringelreihen inne.

In Garwans Kopf schlagen die Gedanken Purzelbäume. Er war gestern nacht vor lauter Müdigkeit eingeschlafen, ohne sich darüber Gedanken gemacht zu haben, was er tun sollte, und jetzt stand das ungeduldige Mädchen mit erwartungsvollem Blick vor ihm.
Er sieht in den Himmel, der nur spärlich zwischen den mächtigen Ästen der Eiche hindurchschimmert und sucht die richtige Geschichte, den Gaukler in sich.

„Flugbewegungen", lächelt er, „jetzt fällt es mir wieder ein! Du mußt zuerst die richtigen Flugbewegungen lernen, das Gefühl dafür bekommen wie es einmal sein wird, wenn sich die Ketten um deine Truhe lösen und das Unbekannte darin nach außen drängt. Doch zuerst", mit einem Sprung steht er auf, „öffne ich meine Truhe."
Mit großer, gewichtiger Geste zieht er einen alten Strick hervor. „Dies hier ist ein magisches Seil, das mir ein berühmter Magier aus dem Morgenland schenkte, als Dank dafür, daß ich ihm mit einer Geschichte das Lachen lehrte und so das Leben rettete."
Mißtrauisch betrachtet Ninai das alte Seil. „Von einem Magier aus dem Morgenland? Soso."
„Nur wer an die Kraft des Seiles glaubt, kann seine Schönheit und Sicherheit entdecken." Gekränkt legt der Gaukler das Seil auf den Deckel des Leierkastens. „Wenn du ihm nicht vertraust, wird es dich in jedem Fall enttäuschen und reißen. Aber es ist dein Wunsch zu fliegen, nicht meiner. Wir können es auch gerne lassen." Er hebt abwehrend die Hände.
„Selbstverständlich vertraue ich dem Seil", antwortet Ninai hastig.
Zufrieden nimmt Garwan den Strick. Er hatte ihn einst von Olwen erhalten. Doch magische Kräfte besaß das Seil tatsächlich. Es reißt, wenn es reißen muß, und es hält, wenn es halten muß, hatte ihm Olwen damals mit schelmischem Blick erklärt. Und jetzt muß es eben halten, entscheidet der Gaukler.
Behende steigt er die Eiche hinauf, um das Seil sogleich an einem der Äste zu befestigen. Ninai beobachtet ihn stumm, je-

doch mit immer unbehaglicherem Blick. Als er schließlich das eine Ende des Strickes um ihre schmale Taille wickelt, begehrt sie zaghaft auf.
„Erkläre mir erst einmal, was du vorhast."
„Du willst doch fliegen", entgegnet Garwan ungeduldig.
„Ja."
„Dazu braucht es zuerst einmal Vertrauen. Wenn du kein Vertrauen hast, wirst du niemals fliegen."
Ninai betrachtet das alte Seil, schluckt schwer und antwortet zaghaft: „Was muß ich tun?"
Der Gaukler setzt einen letzten Knoten, tritt zurück und zieht kräftig am anderen Ende des Seils. Augenblicklich verliert Ninai den Boden unter den Füßen. Als sie ein gutes Stück über seinem Kopf schwebt, schlingt er den Rest des Seils um den mächtigen Stamm. Er ahmt, die Arme weit von sich gestreckt, die Bewegungen eines Vogels nach.
„Rauf und runter, schön gleichmäßig, auf und ab! Genieße deinen ersten Flug. Vertraue dem Seil, vertraue dir selbst und auch meiner Wenigkeit."
Ninai jedoch ist verängstigt, und so flattert Garwan völlig umsonst vor sich hin.
Flugangst, besorgt überlegt er, wie Ninai Vertrauen lernen kann, um die Angst zu verlieren.
Der Gaukler holt seinen Leierkasten. Immer dann, wenn er die Kurbel dreht, fühlt er sich selbst geborgen. Vielleicht hat die Musik auf Ninai eine ähnliche Wirkung.
Sanft steigt die Melodie nach oben und das melancholische Liebeslied verfehlt seine Wirkung nicht. Erst zaghaft, dann mit wachsender Begeisterung und immer heftiger, ahmt Ninai die Bewegungen eines Vogels nach. Sie vergißt das Seil, das sie trägt und schwebt auf den Wellen ihrer Phantasie. Glücklich dreht der Gaukler die Kurbel des Leierkastens, während über seinem Kopf ein fröhliches Juchzen in den Himmel steigt. „Ich fliege! Ich fliege!"
Die innere Unruhe, welche Garwan seit der ersten Begegnung mit Ninai beschäftigt, verkriecht sich für kurze Zeit hinter dem Lachen und schläft dort einen flachen, ruhelosen Schlaf.

Vielleicht genügt meine Magie, und Ninai ist mit einem Flug in ihrer Phantasie zufrieden, hofft der Gaukler. Im selben Moment reißt das Seil. Ein kurzer Aufschrei, ein erschrockenes Stöhnen, und er steht mit offenen Armen da, ihren Sturz abzufangen. Ninai fällt in seine Arme und wirft sie beide zu Boden. Fassungslos, die beiden Körper aneinandergepreßt, bleiben sie wie erstarrt liegen. Garwan spürt ihren weichen Körper, riecht den Hauch des Flieders, der sie umgibt, bemerkt ein süßes Stechen in seinem Herzen und erwacht nicht einmal durch die schallende Ohrfeige aus dieser Glückseligkeit.

„Du bist ein Lügner! Fliegen? Daß ich nicht lache! Ich habe an die Kraft des Seils geglaubt, aber du hast mich wie ein Stück Vieh an einen Strick gebunden und machst dich jetzt auch noch darüber lustig!"

„Es hält, wenn es halten muß, und es reißt, wenn es reißen muß." Garwans Stimme scheint aus den Tiefen des Universums zu kommen.

„Nichts als leere Worte! Lügner! Betrüger!" Ein Wutschrei unterbricht Ninais Redeschwall. „Mein Kleid! Sieh dir mein Kleid an! Es ist zerrissen!"

Auch die zweite Ohrfeige verändert Garwans verklärten Blick nicht. „Du hast schöne Grübchen, wenn du wütend bist", stammelt er leise.

Verständnislos sieht Ninai Garwan an. Dann wendet sie sich ab und geht mit wütenden Schritten davon.

❡

„Ein einziges Drama", antwortet Olwen der Magier, nachdem Garwan mit seinem Bericht geendet hat.

Garwan reibt sich die Wange. „Ich möchte nur noch am Rande erwähnen, daß es dein Seil war, das gerissen ist."

„Es wird seine Gründe gehabt haben." Olwen läßt sich von Garwan nicht aus der Ruhe bringen. „Ich habe dir doch gesagt, es reißt, wenn es reißen muß, und es hält, wenn es halten muß. Aber es gibt Hoffnung. Ich habe da etwas Wichtiges entdeckt." Olwens Blicke richten sich geheimnisvoll auf das alte Buch.

„Manamé?“ flüstert Garwan ehrfürchtig.
„Manamé!“ nickt Olwen und öffnet den schweren, ledernen Einband. Er räuspert sich und beginnt zu lesen:
„Von jener Zeit, die weit hinter der Vergangenheit liegt, wird erzählt, daß die Menschen einst fliegen konnten. Flügel, so leicht und zart wie das Netz der Spinnen, trugen sie in die Lüfte. Doch, anstatt sich der Lust und Leidenschaft des Schwebens hinzugeben, nutzten die Menschen ihre Gabe, um Leid über sich und die Erde zu bringen. Sie führten Kriege am Himmel und jedem, ob Mensch, ob Tier, der sich ihnen entgegenstellte, rissen sie die Flügel aus und ließen ihn hilflos zu Boden stürzen.
Die wenigen friedlichen Menschen, und die letzten überlebenden Vögel versammelten sich in ihrer Not an einem geheimen Ort, in einer unwirtlichen Gegend, wo Kälte und Sturm das Fliegen zur Qual machten. Dort verwandelten sich die Menschen in Elfen, und auf ihren Rat hin, färbten sich die Vögel ihr Gefieder schwarz.
In der Nacht flogen sie in die Welt hinaus und stahlen jedem Menschen einen seiner Flügel. Die Elfen jedoch, schwangen sich empor zu den Göttern und klagten dort ihr Leid. Die nahmen den kriegerischen Menschen die Erinnerung an diese wunderbare Gabe. Seit diesem Tag halten sich die Flügel vor den Blicken der Menschen verborgen, und niemandem gelingt es mehr, sich in die Lüfte zu erheben. Eine letzte Hoffnung ließen die Götter den Menschen: Wenn zwei sich an dem Ort finden, der einzig für sie bestimmt ist, und dort das Geheimnis entdekken, was die Menschen einst fliegen ließ, dürfen sie den Vögeln und Elfen folgen.“
Vorsichtig schließt Olwen das alte Buch.
„Nichts für ungut Olwen, Manamés Weisheit in allen Ehren. Aber ich verstehe nicht, wie uns diese Geschichte weiterhilft. Ich zum Beispiel, möchte überhaupt nicht fliegen, ich bin mit meinem Leben voll und ganz zufrieden.“
„Wirklich?“ Über Olwens Gesicht huscht ein vielsagendes Lächeln.
„Wirklich!“ wiederholt Garwan gereizt.

„Die Geschichten, die du erzählst, sind für dich selbst bloßer Schein. Für die Menschen, die dir zuhören, sind sie eine Straße, die sie dorthin führt, wo sie glücklich sind. Folge ihnen ein einziges Mal, und du wirst endlich begreifen, welch großer Magier du im Grunde bist."
Olwen betrachtet Garwans verständnislosen Blick, seufzt und fährt fort. „Die großen Wunder werden seit Urzeiten nicht von geheimnisvollen Elixieren vollbracht, sondern vom Willen und wirklichen Wünschen der Menschen. Der richtige Zaubertrank kann einem dabei helfen, ebenso wie deine Geschichten und Kapriolen. Vollbringen jedoch, muß jeder das Wunder ganz allein. Sei Garwan, laß den Gaukler hier bei mir, und finde gemeinsam mit Ninai den Ort, der nur für euch bestimmt ist."
„Und was geschieht, wenn wir diesen sagenumwobenen Ort nicht finden?"
„Dann gibt es ihn für euch nicht, und uns bleibt noch immer der Schein des Elixiers."
„Dann laß uns gleich den Trank nehmen", antwortet Garwan erleichtert. „Wozu etwas wagen?"
„Um zu leben", poltert Olwen wütend. „Um endlich den Nebel des Scheins aufzulösen! Spürst du denn nichts in dir? Ninai möchte von ganzem Herzen fliegen, und was möchtest du, Garwan? Wer bist du wirklich?"
Betreten sieht Garwan zu Boden. Plötzlich springt er auf, streckt alle viere weit von sich, tanzt wild in der engen Hütte, und ruft dabei: „Ich bin der Gaukler! Der große Gaukler der Gefühle!"

¶

Ruhelos zieht Garwan durch die engen Gassen der Stadt. Olwens Worte, die immer stärker werdenden Gefühle beim Gedanken an Ninai und dieses unbestimmbare Etwas, welches sie in ihm geweckt hat, nehmen ihm die Sicherheit und Selbstverständlichkeit, mit der er sonst das Leben meistert. Den ganzen Tag tanzt er mit seinem Leierkasten durch die Stadt, in der steten Hoffnung, daß sie seine Melodien und sein Lachen hört. Er

führt seine Kunststücke vor, noch verwegener und wilder als sonst, und die Menschen danken es ihm mit mehr kupfernen Münzen als je zuvor. Doch seine Geschichten haben nicht dieselbe Wirkung.
An diesem Tag spürt der Gaukler beim Erzählen zum ersten Mal den Menschen Garwan in sich.
Traurig packt er am Abend seine Sachen zusammen. Keine Spur von Ninai. Er beschließt, sie ganz einfach zu vergessen. Seine Welt ist das Jonglieren und Erzählen, nicht das Freien um eine Frau.
„Guten Abend, Gaukler."
Für eine lange Zeit sehen sie sich nur in die Augen, und jeder für sich kämpft mit den heimlichen Gefühlen, die in seinem Inneren brodeln.
„Ich möchte noch immer fliegen, Gaukler."
Garwans Zunge klebt am Gaumen. Er ist nervös, weiß nicht, was er sagen soll. Ninai lächelt ihn an, ihre rechte Hand spielt dabei mit den langen Haaren, ihre Augen lassen ihn keinen Moment in Ruhe.
„Folge mir." Garwans Stimme ist kaum mehr als ein heiseres Krächzen.
Stumm, nebeneinander hergehend, verlassen sie die Stadt.
„Wohin gehen wir?"
Garwan denkt lange nach. Unzählige Antworten huschen durch seinen Kopf, humorvolle, spannende und ernste. „Ich weiß es nicht."
Er läßt seinen Leierkasten am Waldrand stehen und folgt einem Pfad, der im Dickicht verschwindet. Ninai zögert. Garwan hält inne, wendet sich ihr zu. Sie sieht seine ruhigen Augen, und ihr stürmisches und ungeduldiges Wesen weicht dem Vertrauen. Obwohl sie sich dagegen wehrt, die Vernunft sie warnt, fühlt sie sich mehr und mehr zu diesem jungen Mann hingezogen, dessen einziger Besitz ein alter Leierkasten und eine gräßlich bunte Truhe ist. Es stört sie nicht einmal, daß selbst er nicht weiß, wohin sie gehen.
In Garwans Herz jagt ein Gefühl das andere: die Angst, bis in die späte Nacht erfolglos in diesem Wald herumzuirren, die

Hoffnung, den geheimnisvollen Ort doch noch zu finden und die Ungewißheit, was dann geschehen würde.
Ein schmales Bachbett versperrt ihnen den Weg. Ich möchte sie berühren, denkt Garwan und reicht Ninai die Hand, welche dankbar ergriffen wird. Mit einem kurzen Sprung gelangen sie auf die andere Seite, doch die sanfte Berührung bleibt Mittelpunkt ihres Denkens und Fühlens, wird zum Gleichklang ihrer Herzen.

¶

Zwölf Fuß hoch ragt der Felsen in den Himmel, feucht glänzend im spärlichen Sonnenlicht, das zwischen die hochaufgerichteten Bäume fällt. Mit jeder Faser seines Körpers spürt Garwan, daß sie den geheimnisvollen Ort gefunden haben. Ninai spricht kein Wort. Mit offenem Mund betrachtet sie den Felsen. Sollte sie sich hier in die Lüfte erheben? Fragend sieht sie Garwan an, der staunend, doch wortlos, das feuchtkalte Gestein berührt. Auf der Rückseite fällt der Felsen sanft ab und ermöglicht so ein leichtes Erklimmen.
„Wenn du von seiner Spitze springst, wirst du fliegen", flüstert Garwan. Doch diesmal erzählt nicht der Gaukler eine Geschichte, sondern Garwan, der fest an das glaubt, was er sagt.
Ganz langsam wandern Ninais Blicke über den senkrechten Felsen. „Sollten wir es nicht lieber zuerst einmal von einem Baumstumpf versuchen?" fragt sie zaghaft.
„Nein, nein", schüttelt Garwan den Kopf. „Du mußt mir vertrauen."
Ninai windet sich verlegen.
Garwan ist verzweifelt. Wenn doch nur sein Leierkasten mit der Truhe da wäre. Der Gaukler weiß in solchen Situationen, was zu tun ist. Er spürt, daß sein Zögern, seine Unsicherheit, Ninai den letzten Mut raubt.
Garwan vergißt sein Denken und folgt seinem Fühlen. „Laß uns den Felsen besteigen."
Er reicht ihr die Hand, die sie diesmal nur zögernd ergreift und führt sie von der Rückseite auf die Spitze des Felsens. Ängst-

lich starrt Ninai in die Tiefe, während Garwan langsam zurückgeht und sie allein dort oben stehen läßt.
„Spring Ninai!"
Benommen vor Freude wartet er darauf, daß sie sich endlich vom Felsen löst und fliegt.
Zaghaft setzt Ninai einen Fuß über den Abgrund, zieht ihn aber sofort zurück.
„Ich kann nicht, Garwan!"
Sie beobachtet seine Gesten. Was mach ich bloß? Von hier oben sieht alles so bedrohlich aus.
Ninai will unbedingt fliegen, doch die Angst vor dem Fall läßt sie zögern. Tief in ihr regt sich ein Gefühl, das ihr sagt, sie könne es wagen. Aber bevor es an die Oberfläche des Daseins gespült wird, scheucht es die Angst zurück ins Dunkel. Zaghaft blickt sie nach unten. So sehr sie Garwan auch vertraut, in diesem Moment vermißt sie den Gaukler in ihm, wenn er in seinem bunten Kostüm, den Hut mit den Federn auf dem Kopf, die Kurbel dreht und dazu wild gestikulierend singt.
Garwan steht wartend am Fuße des Felsens. Er kann nichts mehr tun. Den letzten Schritt muß sie alleine gehen.
Der Gaukler, denkt Garwan, könnte sie vielleicht dazu bewegen. Aber wäre der Ort dann noch derselbe? Garwan zögert, sieht Ninais ängstliches Gesicht.
Er beginnt zu tanzen.
Ninais Heiterkeit entspringt dem tiefsten Inneren ihrer Seele. Es ist eines jener seltenen Lachen, das die Ketten der Ängste und die Fesseln der Vorsicht sprengt. Garwan hört den befreiten Aufschrei, bleibt stehen und stellt sich unter den Felsen.
„Spring Ninai! Vertrau mir!"
Und Ninai vertraut ihm.
Die Wucht reißt sie beide zu Boden. Regungslos bleibt Garwan liegen. Er spürt den sanften Druck ihrer Arme, der sich noch ein wenig verstärkt, fühlt ein Beben, das durch ihren Körper geht und hört ein leises Schluchzen an seiner Brust.
Alles aus, alles vorbei, denkt Garwan traurig. Die Weissagung hat sich nicht erfüllt. Ich habe sie im Moment ihres größten Vertrauens mit dem Gaukler geblendet.

Immer lauter wird das Schluchzen und plötzlich, als Ninai Garwan mit tränenüberströmtem Gesicht ansieht, erkennt er, daß Lachen und Weinen oft eng beeinander liegen.
„Noch einmal! Es war so wunderschön“, lacht Ninai, „es war so wunder-, wunderschön!“
Behende steht sie auf, und mit raschen Schritten erklimmt sie den Felsen. Garwan kann jeden Knochen in seinem Körper spüren, aber er ist glücklich. Auch wenn die Weissagung nicht in Erfüllung gegangen ist, Ninai ist dem Fliegen zumindest ein Stück näher gekommen. Mühsam rappelt er sich hoch, und kaum daß er steht, liegt er schon wieder auf dem Boden. Über sich, lachend, Ninai.

¶

„Bei allen Göttern, siehst du aus“, grinst Olwen, nachdem Garwan mit seinem Bericht geendet hat. „Wie oft ist sie denn nun gesprungen?“
„Ich weiß es nicht“, stöhnt Garwan und tastet vorsichtig seinen Körper ab. „Sie konnte jedenfalls nicht genug davon kriegen. Aber die Seite aus deinem Buch kannst du herausreißen. Ich habe den Ort gefunden, aber Ninai ist nicht wirklich geflogen.“
„Abwarten“, schmunzelt Olwen, „ihr seid noch jung, versteht vieles noch nicht, doch es reißt, wenn es reißen muß, und es hält, wenn es halten muß.“
„Nein, nein“, Garwan schüttelt den Kopf. „Ich hab's wirklich versucht. Kein Gaukler, keine Geschichten! Naja“, ertappt sieht er zu Olwen auf, „ein wenig war auch der Gaukler dabei. Aber nur ein ganz klein wenig. Und was ist dabei herausgekommen?“ Vorsichtig tastet er einen handtellergroßen, blauen Fleck ab. „Ninai ist fröhlich, aber wirklich geflogen ist sie noch immer nicht, und wird es wohl niemals tun.“
„Bist du dir da so sicher?“
„Ich habe doch Augen im Kopf“, antwortet Garwan gereizt.
Olwens Mund umspielt ein vielsagendes Lächeln. „Ich habe das Elixier!“
Sofort beendet Garwan seine Untersuchung. „Sprich jetzt bitte

keinen Unsinn. Du hast ..."

Der alte Magier winkelt die Arme an und ahmt mit einem seligen Lächeln und watschelndem Gang den Flügelschlag einer jungen Ente nach. „Die ganze Nacht. Ich bin die ganze Nacht geflogen! Und weißt du was?"

„Sag schon!" Ungeduldig rutscht Garwan auf seinem Schemel hin und her.

„Ich werd es wieder tun. Ach was, ich werde überhaupt nichts anderes mehr tun!"

„Ich hab's gewußt!" Garwan springt auf und vollführt einen Freudentanz. „Ich hab's gewußt!"

Olwen tanzt mit, so gut es eben sein hohes Alter zuläßt und schlägt ihm kräftig auf die Schulter.

Der Schmerzensschrei geht in ein leise wimmerndes Stöhnen über. „Du bist wahrlich ein Magier. Aber jetzt gib mir bitte das Elixier."

„Ihr braucht es nicht mehr. Es fließt bereits in euren Adern, pulsiert in euren Herzen, ihr müßt es nur noch entdecken. Ihr beide habt den geheimnisvollen Ort gefunden, und deshalb werdet ihr fliegen. Meine Ur-Ur-Urgroßmutter wußte stets, wovon sie sprach."

Verwirrt betrachtet Garwan den alten Magier.

„Glaub mir, Olwen. Sie ist nicht geflogen. Ich bin nicht geflogen. Also gib mir den Trank, das ist alles, worum ich dich bitte. Laß mich wieder Gaukler sein, denn meine Welt sind die verborgenen Träume der Menschen. Und nur, wenn ich sie glücklich sehe, finde ich zu meinen Geschichten zurück."

Olwen seufzt resigniert und verschwindet im Labor. Wenig später kommt er hustend und voller Spinnweben mit einem schlanken Fläschchen zurück, in der sich kaum mehr als ein Fingerhut einer schillernden Flüssigkeit befindet. „Hier, damit gelingt es dir, den Schein zu wahren."

Etwas mißtrauisch nimmt es der Gaukler an sich. „Und du bist sicher, daß du schon so weit bist. Es kann doch nichts schiefgehen, oder?"

Gekränkt rümpft der alte Magier die Nase. „Banause! Meine Rezepturen sind alle auf natürlicher Basis gebraut. Ich halte

nichts von diesem modernen Zeug, zerstoßene Krähenfüße, gehackte Entenpürzel oder geriebenes Nashornpulver. So etwas kommt nicht in mein Elixier. Reine Pflanzenbasis! Da kannst du mir voll und ganz vertrauen."
„Na dann!" Nachdenklich und mit einem gequälten Lächeln steckt der Gaukler das Fläschchen in seine Tasche. „Allein den Mutigen gehört das Glück."

Ninai wartet zur selben Zeit am Fuße des Felsens und blickt glücklich zu ihm hinauf. Angestrengt lauscht sie nach den Tönen des Leierkastens, nichts ist zu hören. Mit jedem Sprung in Garwans Arme ist die Kette um ihre Truhe brüchiger geworden, das massive Schloß hat sich geöffnet.
Nun sitzt sie hier und das Gefühl, welches in der Truhe einst gefangen war, fegt durch ihren Körper. Ihrer Liebe zu Garwan ist sie sich längst bewußt, doch nun ist da mehr in ihrem Herzen als bloße Zuneigung, mehr als Liebe. All die Träume, Wünsche und Sehnsüchte, die sie mit dem wirklichen Fliegen verbindet. All die Gedanken daran, dem ruhelosen Weg der Schmetterlinge zu folgen, findet sie in sich.
Garwan, Garwan, Garwan, nur noch ein Gedanke beherrscht Ninai. Fliegen? Wozu? Ich will seine Arme spüren, seine Kraft, seine Männlichkeit. Heiß und kalt läuft es ihr über den Rücken, und die Ungeduld, endlich die Töne seines Leierkastens zu hören, wird unerträglich. Sie ist gesprungen und hat dabei die Freiheit gefunden, die Sicherheit und etwas, das sie nicht beschreiben kann, was aber die alten Feen, jene Frauen, die sämtliche Geheimnisse des Lebens kennen, mit dem Wort Leidenschaft benennen. Wem es einmal gelingt, sie zum Leben zu erwecken, kann sich nie wieder vor ihr verstecken.
Und während Ninai ungeduldig wartet, wankt ein glücklicher, aber zerschundener Held, den Leierkasten hinter sich herziehend, durch den Wald. Das Fläschchen mit der schillernden Flüssigkeit hat er sich mit einem Lederband um den Hals gehängt. Jeder Schritt verursacht Schmerzen, doch die Freude

darüber, daß er der Frau, die er liebt, zumindest mit einer Täuschung ihren Traum erfüllen kann, macht ihn glücklich. Hinterher, wenn sie mit Hilfe des Elixiers in ihrer Phantasie geflogen ist, würde er ihr seine Liebe gestehen.
Es ist nur der Hauch eines Tones, die Vorhut einer Melodie, quasi erst der Notenschlüssel, der Ninai aufschreckt. Sie sieht am Rand der kleinen Lichtung Garwan stehen und winkt ihn zu sich. Garwan denkt an seine schmerzenden Glieder, seinen kraftlosen Körper, und wie müde er im Grunde ist. Dann sieht er im Mondlicht ihr Gesicht und denkt an nichts anderes mehr.
Mit einem lauten Krachen fällt der Leierkasten zu Boden. Der Deckel der bunten Truhe öffnet sich. Garwan sieht die Bescherung, will retten was zu retten ist, hört Ninai rufen, nimmt eine der Keulen, den Schal, den Ring, hört wieder ihre Stimme, läßt alles fallen und läuft ihr entgegen.
Er ergreift die ihm zugestreckte Hand, will etwas sagen, kann es aber nicht, denn Ninais Lippen pressen sich auf die seinen.
„Ninai ...ich ...Trank ... fliegen."
Hoffnungslos, sie lehnt am kalten Stein des Felsens und zieht ihn zu sich her. Überall am Körper spürt er ihre zarten Hände. Das Blut pulsiert, und die Gedanken wirbeln wie in einem Orkan wild durcheinander.
Der Trank, der Trank, denkt Garwan, dann spürt er Ninais Verlangen. Er streift das Lederband mit dem Fläschchen ab und läßt es achtlos fallen.

❡

Beide haben sie die Liebe noch nie gelebt, und nun packt sie dieses unbekannte Gefühl, mit einer Leidenschaft, wie sie nur die wenigen Menschen erleben, die gemeinsam den geheimnisvollen Ort gefunden haben.
Sie schließt die Augen, sieht, wie sich ein Falke mit kräftigen Schlägen in die Lüfte schwingt, und im Höhepunkt ihrer Vereinigung finden Ninais und Garwans Flügel zueinander. Erst zaghaft und unbeholfen, dann im Gleichklang ihrer Herzen, beginnen die hauchdünnen Flügel zu schwingen. Eng umschlungen

sind sie eins, steigen in die Luft und folgen dem Flug des Falken. Schweben ziellos dahin, lassen sich vom Wind treiben.

So folgen sie dem ruhelosen Flug der Schmetterlinge, den heftigen Flügelschlägen des Adlers und den ausdauernd dahingleitenden Zugvögeln. Und überall auf ihrem gemeinsamen Flug begegnen sie Vögeln mit schwarzem Gefieder. Doch niemand hält die beiden auf.

Die verlorene Jahresschwester

Norbert Sütsch

Die Sonnenstrahlen, von dichten Baumkronen aufgefächert, tauchten die Gesichter von Virella und Sorbas in ein mildes Licht. Das junge Paar fühlte sich wohl im Garten Sulenkas, der jüngsten Schamanin des Landes. Die Hecken wucherten wilder als in den Vorgärten der Städte und verströmten einen fremden, aber angenehmen Duft. In ihren Zweigen, vom Blattwerk geschützt, tuschelten sich Vogelstimmen aufgeregt zu, was ihnen der Abendwind erzählt hatte. Hier und da tauchte ein bunter Knäuel ihres farbenprächtigen Federkleides auf, doch ihre Scheu war größer als die Neugier, und so waren sie auch heute, wie schon damals, als Sorbas zum ersten Mal den Weg zu Sulenka gegangen war, nie ganz zu erkennen.
Sorbas' Sorge galt zu jener Zeit, wie hätte es auch anders sein können, seiner Liebe. Er erinnerte sich noch genau, wie er Sulenka vor zwei Wintern, verliebt wie ein Schmetterling, aufgesucht hatte, um ihren Rat zu hören. Der Ruf, der dieser Schamanin, obwohl jung an Jahren, vorauseilte, war erstaunlich. An Lagerfeuern und Tischen, auf den Märkten und bei Hofe wurde von der Weisheit der bildschönen Seherin begeistert erzählt. Ihre Deutungen wurden gerühmt, da ihre Worte zukünftige Wirklichkeiten ohne Schönfärberei darstellten.
Die von jedermann begehrte Virella, war seine Frau geworden und hatte fortan alles mit ihm geteilt; den aufknospenden Frühling, den hitzigen Sommer, den besinnlichen Herbst und den eisigen Winter. Nichts konnte die Brücken zwischen ihren Herzen ins Wanken bringen, außer Virellas beharrlicher Abneigung zu tanzen. Nie nahm sie eine Aufforderung von ihm oder sonst jemandem an. Sie hatte keine Lust, sich im Takt der Musik zu wiegen, weder bei einem rauschenden Fest, noch wenn sie alleine waren, und fand dafür mehr Ausreden, als es Sterne am Himmel gab. Sorbas, dessen Eitelkeit dies kränkte, wollte von Sulenka wissen, worin Virellas Abneigung begründet sei. Doch die hatte gelacht und ihn getadelt, die Weisheit der Götter nicht für seinen pfauenhaften Stolz zu mißbrauchen. Den einzigen Rat, den Sorbas damals von der jungen Schamanin er-

halten hatte, war, sich in Geduld zu üben. Ihre Liebe stünde, nach allem, was die Karten verrieten, unter einem guten Stern. Und bald danach hatte Sorbas verstanden, was Sulenka damit gemeint hatte. Der Wunsch nach einem Kind war erhört worden. Bereits zehn Wochen trug Virella die Frucht ihrer Liebe unter dem Herzen.
Die Zeit war somit reif für das Ritual der Jahresgeschwister. Vor dem dritten Mondzyklus, so forderte es der Brauch, mußten Vater und Mutter ihre inneren Jahresgeschwister herbeirufen, um das noch ungeborene Kind in den Kreis des vergangenen Lebens einzubetten. Es war den Schamaninnen vorbehalten, diese Tradition, aus den Tagen, als den Menschen die Gesetze des Himmels noch heilig waren, zu bewahren. Denn die Vergangenheit war die Wurzel, an die es sich zu erinnern galt, sollte das Neue gesund wachsen können.
Sulenka nahm die linke Hand von Virella und Sorbas, drückte die vor aufgeregter Freude feuchten Innenseiten sanft ins flutende Rot der Abendsonne und betrachtete sinnend die verzweigten Lebenslinien in den Handflächen.
„Laßt mich in die Zukunft eures Kindes sehen. Diese Linien lügen nicht. Alles, was einem gemeinsamen Herz bestimmt ist, kreuzt sich in den Landkarten der Seelen seines Vaters und seiner Mutter."
Spielerisch zogen die Finger der Seherin über das Muster der Hände. Ein Schatten huschte über ihr Gesicht. Nur kurz, doch lang genug, daß Sorbas ihn bemerkte.
„Sulenka, was siehst du in der Hand meiner Frau?"
Die Augen der Schamanin suchten die von Virella. Deren Hand war bei Sorbas' banger Frage zurückgezuckt. Der besorgte Blick Sulenkas ließ die werdende Mutter frösteln. Verwirrt starrte sie, sich ihre Hand ganz nah vors Gesicht haltend, auf das zarte Relief der gekreuzten Linien.
Die Schamanin wollte sie beruhigen.
„Virella, die Schatten der Bäume treiben ihr Spiel mit unseren Augen. Wenn es dämmert, sehen wir Dinge, die es bei Licht betrachtet gar nicht gibt. Laßt uns hineingehen."
Drinnen bot sie den beiden eine Tasse Tee an und sagte mit

sanfter Stimme: „Schamaninnen sind der Wahrheit verpflichtet, selbst wenn sie weh tut. Aber wir sind auch nur Menschen, und ich kann mich irren."
Sie strich mit ihrer schlanken Hand fürsorglich über Virellas Haupt und bat diese mit einer stummen Geste, nochmals einen Blick auf ihre Herzhand werfen zu dürfen.
Virella zögerte, doch dann öffnete sie ihre zur Faust zusammengepreßten Finger. Sulenkas Augen wanderten erneut über das rätselhafte Muster. Sie atmete tief und lehnte sich zurück. Schließlich brach sie das Schweigen.
„Ihr sollt wissen, daß ich ein graues Loch in Virellas Lebensweg gesehen habe. Ganz klein, schon sehr alt, eingegraben auf derselben Linie, in der unsere Jahresgeschwister verewigt sind. Ihr seid gekommen, um diese mit meiner Hilfe herbeizurufen, damit ihr euch erinnert, auf welcher Vergangenheit die Zukunft eures Kindes fußt. Denn die Jahresgeschwister sind das Fundament des Herzens. Jede Jahresschwester und jeder Jahresbruder ist ein Teil von uns, den wir fortpflanzen in die Seele eines neugeborenen Kindes. Wir Menschen, so lehrt es das Buch der Geheimnisse, werden jedes Jahr an unserem Geburtstag neu geboren; doch unsere Jahresgeschwister aus den vergangenen Jahren leben weiter in uns und mit uns wie die Jahresringe eines Baumes: unsichtbar, verhüllt, aber nicht vergessen. Was immer sie in ihrem Jahr an Schönem und an Schmerz erlebt oder erlitten haben, bleibt so in unseren Herzen bestehen. Doch unser Herz kann nur diesen Jahresgeschwistern eine Heimat sein, die angenommen werden und willkommen sind. Verwehren wir ihnen den Zugang zu unserem Innersten, werden unsere Gefühle unmerklich, aber unweigerlich verkümmern. Diesem verschmähten Teil von uns bleibt nur der Weg zu den Inseln der verstoßenen Jahresgeschwister und die Hoffnung, eines Tages erlöst zu werden. Durch uns selbst, indem wir uns erinnern und ihn annehmen. Oder in der Stunde des Todes, wo alles neu beginnt."
Sulenkas Stimme wurde leise und traurig. „Wenn wir die Augen davor verschließen, wird der verschmähte Teil unserer Vergangenheit unseren unschuldigen Kindern als Bürde auferlegt

und lebt in ihnen weiter. Durch das Ritual der Jahresgeschwister können wir sehen, ob euer bisheriges Leben gänzlich in euren Herzen ruht. Schamaninnen nennen es deshalb auch die Stunde alter Wahrheiten."
Virella schüttelte aufgebracht den Kopf. „Willst du damit sagen, ich hätte eine meiner Jahresschwestern verstoßen?"
Sulenka hielt den Kopf gesenkt. „Ich weiß es nicht, aber ich fürchte es. Laßt uns mit dem Ritual beginnen, denn dann wird die Vermutung der Gewißheit weichen."
Sulenka wies Sorbas an, die in einer zusammengeknoteten Decke liegenden Mitbringsel auf dem Tisch auszubreiten.
Schweigend wartete die Schamanin, bis all die Erinnerungsstücke, die Virella und Sorbas aus jedem ihrer Lebensjahre zusammengetragen hatten, auf dem Tisch lagen. Es brauchte diese stummen Zeugen der Erinnerung, um die Jahresgeschwister herbeirufen zu können. Nun lag Virellas und Sorbas' Vergangenheit in Gestalt abgetragener, geflickter Kleidungsstücke, verblichener Bilder, altem Spielzeug und vielerlei staubbedecktem Krimskrams vor Sulenka. Die Schamanin griff einen Spiegel, dessen Oval mit magischen Schnitzereien eingefaßt war.
„Das ist der Spiegel der zwei Gesichter. Er kennt kein Gestern oder Morgen. In ihm spiegelt sich das Leben, als gebe es keine Zeit. Ich habe euch gebeten, sorgfältig nach Dingen zu suchen, die ihr zweifelsfrei euren einzelnen Lebensjahren zuordnen könnt, denn durch diese Erinnerungsstücke kann ich eure Jahresgeschwister herbeirufen."
Die Schamanin begann eine sanfte Melodie zu summen, griff einen Gegenstand nach dem anderen und hielt die stummen Zeugen aus der nahen und fernen Vergangenheit vor das Oval.
In dem Spiegel erschienen die Jahresgeschwister.
Virella und Sorbas wähnten sich zurückversetzt in ihre Vergangenheit. Sie sahen statt dem Spiegelbild der Mitbringsel erst schemenhaft, dann immer deutlicher, sich selbst. Als Kind in der Wiege, das eine bunte Rassel in Händen hält, als Mädchen, das sich stolz Schleifen ins Haar bindet, als Lausebengel, der mit seiner Steinschleuder, über beide Backen grinsend, auf streunende Hunde zielt.

Ihr ganzer Lebensweg zog an ihnen vorbei wie ein Traum, in dem alles für einen Moment noch einmal Wirklichkeit wird. Wenn Sulenka die wahllos herausgegriffenen Gegenstände wieder zurücklegte, verschwanden die im Spiegel erschienenen Jahresgeschwister wie Nebel, der von Sonnenstrahlen aufgelöst wird. Als sie eine beinlose, am Rumpf abgebrochene Holzballerina, die wohl einst zu einer Spieluhr gehört hatte, vor den Spiegel hielt, war statt der erwarteten Jahresschwester ein dunkler Schatten zu erkennen, der einen kleineren Schatten bedrohlich umklammert hielt.

Mit sorgenvoller Miene legte Sulenka die Ballerina, getrennt von den anderen Erinnerungsstücken, neben den Spiegel auf den Tisch und fuhr mit dem Ritual fort. Sorbas' siebenundzwanzig Jahresbrüder waren sichtbar geworden, als sei Sulenkas Zauberoval eine Bühne, auf der die Vorstellung des eigenen Lebens gegeben wird. Zweiundzwanzig von Virellas Jahresschwestern waren durch Sulenka bereits herbeigerufen worden und im Spiegel aufgetaucht, als die Schamanin erneut die abgebrochene Holzballerina griff. Doch wieder spiegelten sich anstelle der noch fehlenden Jahresschwester nur die beiden Schatten.

Sorbas starrte in den Spiegel: „Sage uns, weise Seherin, warum spiegelt sich in diesem Zauberglas ein großer und ein kleiner Schatten, wo du doch eine abgebrochene Holzballerina in der Hand hältst?“

Die Schamanin schüttelte besorgt den Kopf: „Ich weiß es nicht, Sorbas. Aber meine Befürchtung ist zur Gewißheit geworden. Die Jahresschwester, die mit dieser Ballerina gespielt hat, weilt nicht in Virellas Herz. Sie fehlt, die Linie der Hand hat nicht getrogen.“

Virella vergrub schluchzend ihren Kopf in den Armen.

„Weine nicht, Virella“, versuchte die Schamanin sie zu beruhigen. „Geht jetzt, hier könnt ihr nichts mehr tun und versucht, im Namen eures Kindes, die Angst zu vergessen. Denn was geschehen ist, wird durch Gram und Sorge nicht umkehrbar. Vertraut darauf, daß es für eine Schamanin Wege ins Gestern gibt, die den meisten Menschen verborgen sind. Ich werde Virellas Jahresschwester suchen und euch rufen, wenn es mir gelungen ist, sie aufzuspüren. Habt Geduld."

¶

Als Sorbas und Virella mit ihren Erinnerungsstücken gegangen waren, wartete Sulenka bis die Kerzen niedergebrannt und flakkernd erloschen waren. Das silberne Licht des Mondes floß durch die alten Baumkronen hindurch in das Zimmer und verwandelte den Raum in ein magisches Schattenspiel. Die Schamanin wählte einige der vielen Tontöpfchen, die wohlgeordnet auf daumesdicken Eichenbrettern standen. Daraus nahm sie eine Handvoll Kräuterbüschel, die sie mit einem Mörser in der bereitgestellten Schale zerdrückte. Dieses Pulver übergoß sie mit einem aus Orchideen gewonnenen Saft. Zufrieden füllte sie den Trank in einen Becher und leerte diesen in einem Zug. Dann warf sich Sulenka einen mit Federn bestickten Umhang über ihre Schultern. Sie begann mit den Armen zu schwingen, ihr Kopf wurde von einer unsichtbaren Kraft in den Nacken gezwungen, jeder Muskel, jede Faser ihres Körpers, begann sich zu spannen, und wenig später flog die Schamanin, in eine Adlergestalt verwandelt, hinein in die Nacht.

Die mächtigen Schwingen trugen sie über wolkenumwogte Bergrücken, dampfende Nebelsäulen, brodelnde Vulkane und gischtende Meere bis zu den Inseln der verstoßenen Kinder, die weit hinter dem Horizont der Herzen lagen. Hier war der namenlose Schrecken, das stumme Grauen, der Atem der Angst zuhause.

Die verlorenen Seelen auf diesen Inseln waren nicht nur allein, sie waren einsam und dazu verurteilt, ihren Schmerz zu tragen, auch wenn ihnen diese Last viel zu schwer war.

Virellas Adleraugen sahen die kleinen und großen Gestalten, die vor lauter Traurigkeit keine Tränen mehr hatten oder reglos wie Steine herumlagen. Sie konnte vom Schrecken geweitete Augen erkennen, die, ohne wirklich zu sehen, in den Himmel starrten.

Auf einer der Inseln hastete ein kleines Mädchen, eine Spieluhr fest umklammert, gehetzt wie ein weidwundes Tier, von Hügel zu Hügel, Stein zu Stein, Baum zu Baum. Verfolgt wurde es von einem riesigen Schatten, der ihm an die Fersen geheftet schien. Wohin es sich auch wandte, das Kind konnte die schwarze, bedrohliche Gestalt nicht abschütteln. Wie ein böser Dämon verfolgte der Schatten das Mädchen auf Schritt und Tritt.
Sulenkas Adlerblick erkannte, daß auf der hölzernen Spieluhr des Mädchens nur noch der Stumpf einer abgebrochenen Figur übriggeblieben war. Alle Zweifel hatten sich in Gewißheit verwandelt. Die verlorene Jahresschwester war gefunden. Die Schatten, die der Spiegel gezeigt hatte, waren entdeckt. Aber nur Virella selbst würde dem kleinen Mädchen helfen können. Schamaninnen konnten die Vergangenheit nur aufspüren. Sie zu verändern lag ausschließlich in den Händen des Menschen, zu dem sie gehörte.

❡

Als Sulenkas Ruf Sorbas und Virella erreichte, zögerten diese keinen Moment. Voller Ungeduld und in tiefer Sorge um ihr heranwachsendes Kind, machten sie sich auf zu der Schamanin. Die weise Seherin empfing sie in guter Stimmung und bat bei der festlich gedeckten Tafel um Geduld, als die werdenden Eltern sie mit Fragen bestürmten. Während des Speisens erzählte sie ihnen, soviel wie nötig, von den Inseln der verstoßenen Geschwister: „Es ist ein gutes Zeichen, daß wir Virellas Jahresschwester so schnell gefunden haben. Der große Schatten, den wir beim Ritual im Spiegel gesehen haben, verfolgt das kleine Mädchen wie ein schwarzes Gespenst. Er hat sich an ihr Fußgelenk geklammert. Sie kann ihm nicht entkommen."
Die Schamanin suchte Virellas Hände und drückte sie fest. „Du mußt zu dieser Jahresschwester, hörst du. Der Schatten kann nur von dir besiegt werden. Er gehört zu deiner Vergangenheit wie diese Jahresschwester. Und vor der Vergangenheit

zu fliehen ist so sinnlos, wie vor dem Tod fortzulaufen. Es muß dir, soll euer Kind gesund und ohne die Bürde dieses Schattens geboren werden, gelingen, dieses verstoßene Mädchen zu befreien. Ohne deine Hilfe kann es nicht heimkehren in den Kreis der anderen Jahresgeschwister, in die Heimat deines Herzens."

Die Schamanin nahm, scheinbar achtlos, und ohne ihre Worte versiegen zu lassen, eine feingliedrige Kette, an deren Ende die abgebrochene Holzfigur baumelte. Sie ließ die beinlose Ballerina vor Virellas Augen hin- und herschwingen. Deren Blick konnte sich schon nach kurzer Zeit nicht mehr von den Pendelbewegungen lösen. Virella sank in den Bann der Spielzeugfigur. Langsam, wie von einer unsichtbaren Macht geführt, näherten sich ihre Finger der beinlosen Ballerina. Sie streichelte das abgegriffene Holz wie ein kostbares Kleinod. Mehr und mehr wurde ihr die Form vertraut. Virella erinnerte sich daran, daß sie diese Figur schon oft berührt hatte. Vor langer, langer Zeit. Sie schloß die Augen, führte die abgebrochene Ballerina an ihren Mund, küßte sie und sah plötzlich ein Kind in einem Kreis niedriger Felsen kauern, eine Spieluhr in den Händen. Die kleinen Finger versuchten das hölzerne Zirkusdach des Spielzeuges zu drehen, schubsten wieder und wieder an dem Rondell, doch ohne Erfolg. Verzweifelt rüttelte das Kind an der Spieluhr, als wolle es die Töne herausschütteln. Mit einem dünnen Ästchen, versuchte die Kleine den Mechanismus im Inneren des Gehäuses, in Gang zu setzen. Vergeblich, die Spieluhr blieb stumm, das Ästchen brach ab.

Virella spürte, wie nahe sie diesem Kind war. Ihr waren diese hilflosen Bewegungen der Jahresschwester seltsam vertraut. Sie erinnerte sich an damals, an das Zimmer ihrer Kindheit, und wie sie, zu der Melodie dieser Spieluhr, mit der Zirkusballerina getanzt hatte.

Das Mädchen blickte auf, sah Virella ungläubig an, und ihre Lippen formten sich zu einem stummen Schrei. Hastig rappelte sich die Kleine hoch und flüchtete, von Todesangst getrieben, in ein dorniges Gebüsch. Virella sah den riesenhaften Schatten, der dem Mädchen folgte und sich nicht abschütteln ließ. Sie wußte, daß dieses verängstigte Wesen Hilfe brauchte, ihre Hilfe. Mit der Kraft der Verzweiflung riß sie die dornigen Zweige, die ihre Haut zerkratzten, auseinander, um endlich das Kind in ihre Arme schließen zu können. Doch die Kleine floh, die Spieluhr fest umklammert, hin zu einer naheliegenden schmalen Felsspalte. Der nachtschwarze, riesige Schatten verfolgte sie wie ein zäher Alptraum.

Virella hastete hinterher, die abgebrochene Ballerina in der Hand. Als sie das Mädchen schon fast erreicht hatte, stolperte sie über die massige Gestalt des Schattens und fiel. Wie ein stumpfes Messer bohrte sich die Spielzeugfigur durch den Schatten in den sandigen Boden und nagelte ihn fest. Der dünne Schrei des Kindes gellte durch die Luft. In ihm mischten sich Triumph und Schmerz. Die unheimliche Gestalt wand sich, wie ein aufgespießter Rochen, um die in der Erde steckende Ballerina. Vergeblich. So klein die abgebrochene Spielzeugfigur auch war, sie hielt den zuckenden Schatten am Boden gefangen.

Gebannt starrte Virella auf das sich krümmende Schwarz, riß ihren Blick davon los und suchte die geflüchtete Jahresschwester.

Diese stand nur wenige Schritte entfernt und beobachtete ungläubig und verwirrt den kleinen Schatten, den sie selbst warf. Überrascht und erleichtert, daß dieser nicht nur ihre Größe hatte, sondern auch jede ihrer Bewegungen nachvollzog, bückte sie sich hinunter und streichelte dieses lang vermißte Abbild ihres Körpers.

Virella folgte aufmerksam jeder Bewegung ihrer Jahresschwester, un-

entschlossen, ob sie auf das Mädchen zugehen sollte.
Sie entschied, ihr noch nicht zu nahe zu kommen. Gedankenverloren betrachtete Virella die Spieluhr in der Hand des Mädchens.
War dies die Brücke zu ihrer gemeinsamen Vergangenheit?
Je mehr sie darüber nachdachte, umso tiefer sank Virella in die Spieluhr hinein. Mit all ihren Sinnen tauchte sie hinab unter die flatternde Fahne, hinein in die verblichenen Farben des Holzes, die gebrochene Figur der Ballerina und spürte, wie sie allmählich mit ihr verschmolz.
Das Kuppeldach wölbte sich über ihr. Virella stand auf den Zehenspitzen, bereit zum Tanz. Ein stechender Schmerz bohrte sich in ihre Hüfte. Knirschend und knarrend erwachte das Räderwerk des verhakten Mechanismus. Zunächst noch holprig, dann immer schneller, drehte sich das Rondell mit der Ballerina rückwärts. Dazu erklangen Töne einer verzerrten Melodie.
Virella spürte den Wind, der ihr die Haare ins Gesicht wehte.
Plötzlich wurde es dunkel. Ein Schatten fiel über sie, hüllte sie ein und verschwand so leise und schnell, wie er gekommen war.
Die Fahrt wurde wilder, der Rhythmus schneller.
Virella fühlte, wie sie größer und größer wurde und aus der Spieluhr herauswuchs. Unbeholfen und hölzern stakste sie den Takt von damals zu der verzerrten Melodie.
Das Mädchen begann über Virella und deren linkischen Tanz zu lächeln, prustete ihr Lachen schließlich laut heraus und kugelte sich vor Freude auf der Erde.
Virella trat zu ihrer Jahresschwester.
Zögernd reichten sie einander die Hände. Im selben Moment verstummte die Spieluhr als halte sie den Atem an. Nach und nach faßten ihre Finger Vertrauen zueinander.
Wie von Zauberhand aufgezogen begann sich die Spieluhr zu drehen, und es erklang das zärtliche Lied aus glücklichen Kindertagen, als es noch keine Angst gab.
Arm in Arm umtanzten Virella und ihre Jahresschwester den immer noch an der Holzballerina zerrenden Schatten, der mehr und mehr zusammenschrumpfte und schließlich restlos verschwand.

Mit leuchtenden Augen zog das Mädchen die Ballerina aus der Erde und setzte sie auf den abgebrochenen Stumpf der Spieluhr.
Was einst zerstört, war nun wieder zusammengewachsen.

¶

Verwirrt schreckte Virella auf. „Wo bin ich?“
Sulenkas Hand strich zärtlich über die fieberheiße Stirn.
„Ruhig, du bist zurück und das nicht allein. Deine Jahresschwester ist heimgekehrt. Euer gemeinsames Kind wird ohne den Schatten der Vergangenheit das Licht der Welt erblicken.“
Tränen der Freude rannen über Virellas Wangen, als sie die Spieluhr auf ihrem Herz liegen sah und in einen Schlaf sank, in dem ihr kein verborgener Schrecken mehr auflauerte.
In den Wochen vor der Geburt sah Sulenka, wann immer es ging, nach der werdenden Mutter, um ihr mit weisem Rat beizustehen. Sorbas bedrängte die Schamanin, ihr, zum Dank für die Hilfe, etwas schenken zu dürfen. Doch stets lehnte diese ab. Erst als das Mädchen, das den Namen Sansira erhielt, gesund und kräftig das Licht der Welt erblickt hatte, willigte die Schamanin in seinen Vorschlag ein, ihr zu Ehren ein Fest zu geben.

¶

Aus nah und fern kamen die Gäste herbei, um die Geburt von Virellas und Sorbas' Tochter zu feiern. Die köstlichsten Speisen wurden aufgetischt, und die besten Spielleute des Landes unterhielten die Festgesellschaft.
Und während die kleine Sansira, oben in ihrer Wiege, sanft in den Welten schlummerte, aus denen sie gekommen war, tanzten unten auf dem Parkett die geladenen Gäste zu Ehren der jüngsten Schamanin des Landes.
Auf einem blumengeschmückten Tisch lagen die fünfzig Erinnerungsstücke aus der Vergangenheit der stolzen Eltern.
Als die Festgesellschaft, Mitternacht war schon vorüber, nach

Hause oder zu Bett gegangen war, standen Virella und Sorbas, eng umschlungen, ganz allein auf der Tanzfläche. Sie sahen auf die stummen Zeugen ihres bisherigen Lebens und erinnerten sich an das Ritual der Jahresgeschwister. Sie wußten jetzt: Das Leben ist die Komposition eines Liedes, das, wenn nur eine Note fehlt, nicht mehr dasselbe sein kann.
Sie lächelten, als sich die Spieluhr zwischen den Blüten erst langsam, dann immer schneller zu drehen begann.
Sorbas und Virella schmiegten ihre Körper aneinander und tanzten, zu den Klängen dieser Melodie, hinein in den anbrechenden Morgen.

Roland Kübler

Traumfeuer

Wenn nach vollbrachtem Tagwerk, Menschen zusammen am abendlichen Feuer sitzen, und es ist einer jener wandernden Märchenerzähler unter ihnen, kann es sein, daß er diese Geschichte erzählt:

„Mag sein, ihr glaubt, es sei ein Märchen, das ich euch nun erzähle!" Mit diesen Worten beginnt jeder Erzähler, woher er auch kommen und wohin er auch wandern mag.

„Doch, so wahr ich hier sitze, sie hat sich zugetragen und trägt sich noch immer zu. Jeden Tag und jede Nacht. Vielleicht sogar bis zu der Zeit, in welcher sich die Erde nicht mehr um die Sonne dreht und der Mond seine Bahn verläßt, um sich in den Tiefen des Alls mit den Sternen zu vereinen. Achtet auf meine Worte und vergeßt nicht, eure Herzen zu öffnen, denn nur dann könnt ihr wirklich hören und ein wenig von euch selbst verstehen.

Lang schon stand das kleine Schloß einladend auf dem namenlosen Hügel im namenlosen Wald. Vielfältiger Stuck zierte die Mauern, bunte Wimpel flatterten an den hohen Zinnen, Fakkeln und Öllampen sorgten des Nachts stets für Helligkeit. Trotz alledem wurde den Wanderern, welche, auf ihrem von der Fügung bestimmten Weg, diesen Pfad gewählt hatten, seltsam bang ums Herz, wenn sie in die Nähe des Schlosses kamen. Meist suchten sie so rasch als möglich das Weite.

In der Umgegend wurde getuschelt und gemunkelt, hinter den dicken Mauern verberge sich ein bedrohliches Geheimnis. Von einer jungen, schönen Frau, die auf den Helden ihres Herzens warte, war die Rede an den nächtlichen Dorffeuern und von vielen Männern, die sich aufgemacht hätten, das Herz jener geheimnisvollen Frau zu gewinnen; manche mit Schwert und Rüstung, andere mit Edelsteinen und Geschmeide, Gold und Silber. Einige aber auch mit nichts weiter als einem offenen Herzen und unbeschwertem, lachendem Blick. Keinem jener Männer ist gelungen, was er sich erhoffte und erträumte. Viele von ihnen wurden nie wieder gesehen. Diejenigen aber, welche den Weg zurück in die Dörfer fanden, sind stumm geblieben. Nach ihren Erlebnissen befragt, schüttelten sie die Köpfe und starrten mit wirren, leeren Augen in den Himmel.

An einem friedvollen Sommerabend, gefüllt mit leiser einschmeichelnder Musik, reichlich Essen, gutem Wein, herzlichem Lachen und ungewöhnlichen Geschichten, hörte ein Mann, der sich als Kunstschmied seinen Lebensunterhalt auf den Jahrmärkten der Dörfer verdiente, von diesem geheimnisvollen Schloß. Und tief in seinem Inneren flüsterte ihm eine unbekannte Stimme zu, er habe sich aufzumachen in den namenlosen Wald, um den namenlosen Hügel und das kleine Schloß zu finden.

Am nächsten Morgen war das Bündel schnell geschnürt, nannte er doch nicht viel sein eigen: einen wärmenden Umhang aus weichen, bunten Stoffen, einen abgegriffenen, speckig glänzenden Lederbeutel für selbstgesammelte Duftkräuter, seine Werkzeuge und ein Buch mit vielen vergilbten Seiten, in welchem er mit dünner Feder niedergeschrieben hatte, nach was er sich sehnte, von was er träumte und geträumt hatte.

Angeleitet und geführt von jener leisen, drängenden Stimme, der er vertraute, obwohl er sie bis zu diesem Zeitpunkt noch nie gehört hatte, fand der junge Mann seinen Weg durch die Betriebsamkeit und Hast der allgegenwärtigen Wirklichkeit.

Schon oft war er des Nachts allein durch dichte, dunkle Wälder gewandert. Er verspürte keine Angst wie zahllose andere Menschen, denen das nächtliche Geraune und Geflüster unter dichtstehenden, hochgewachsenen Bäumen unheimlich ist. Vertraut waren ihm die vielfältigen kleinen Geräusche: das Rascheln der Tiere im trockenen Laub, das leise Seufzen uralter Stämme, das verträumte Wispern der Blätter.

Je näher er jedoch dem namenlosen Hügel und dem kleinen Schloß kam, umso stiller wurde es im Wald. Selbst der laue Nachtwind schien eingeschlafen, oder aber diesen Ort zu meiden. Wie grobgezackte Schattenrisse reckten sich die Äste in den hellen, hochstehenden Mond. Das kleine Schloß auf dem

namenlosen Hügel leuchtete, als sei es aus reinem Silber gegossen. Verzaubert von diesem Anblick, blieb der junge Kunstschmied stehen. Erst als eine eisige Kälte durch seinen Umhang drang und ihn frösteln ließ, ging er weiter.
Ein tiefer Graben zog sich um das Schloß. Die Zugbrücke war herabgelassen und das Tor geöffnet, als werde er erwartet. Sein Rufen verhallte jedoch ungehört auf dem Hof mit den verwitterten Pflastersteinen, und auch in den langen Fluren und verwinkelten Gängen bekam er keine Antwort.
Mit einer bangen Ahnung im Herzen, und nicht ohne sich immer wieder nach allen Seiten umzusehen, ging er weiter hinein in das Schloß.
Reich geschmückt waren die Wände der hohen Hallen. Alte farbenprächtige Bilder in goldenen Rahmen, Seidengobbelins aus fernen Ländern, kunstvoll geschmiedete Fackelhalter und feingearbeitete kleine Phantasiefiguren ließen den fachkundig um sich schauenden Kunstschmied immer wieder erstaunt nähertreten, um liebevoll über die eine oder andere Kostbarkeit zu streichen. Ein dicker geknüpfter Teppich lag auf dem Boden und dämpfte seine Schritte.
Gefangen in dieser verschwenderischen Schönheit, erkundete der junge Mann das Schloß, bis ihm eine breitgeflügelte Holztür den Weg versperrte. Vorsichtig versuchte er sie zu öffnen. Überrascht mußte er jedoch feststellen, daß diese Tür zwar ein Schloß, jedoch keine Klinke besaß. Ein kaum merkliches Lächeln huschte über das Gesicht des jungen Mannes. Er kramte in seinem Bündel und fand schnell die Werkzeuge, die er brauchte. Nur wenige Atemzüge benötigte der Kunstschmied, um die verschlossene Tür zu öffnen.
Der Raum, den er betrat, war wohl dafür gedacht, Gäste zu bewirten. Ein großer Tisch mit vielen Stühlen stand in der Mitte. Trinkhörner und kostbare Gläser, kunstvoll bemalte Porzellanteller, Schüsseln und Töpfe reihten sich in den Regalen. Vielarmige Leuchter hingen an den Wänden und von der Decke.
Und dann entdeckte er in einer Ecke, nahe bei einem in die Wand eingelassenen Kamin, neben dem Holzscheite aufgeschichtet lagen, auf einem fellüberzogenen Stuhl sitzend, eine

junge Frau, die ihn aufmerksam beobachtete. Ihre Augen waren dunkel, und der Mann konnte nichts in ihnen entdecken außer tiefer, trauriger Hoffnungslosigkeit. Er ging näher und suchte hinter diese Dunkelheit zu blicken, dorthin, wo sich die Kraft des Lebens zeigt. Die schwarze Nacht in diesen Augen war jedoch undurchdringlich für ihn.
„Willkommen, Fremder", sagte die Frau, ohne sich zu regen. „Sei begrüßt in meinem Schloß. Setze dich. Ich werde dich mit allem versorgen, was dein Herz begehrt."
Die Frau deutete auf einen Stuhl an dem großen Tisch, und der Mann ließ sich zögernd nieder. Dann verschwand sie durch eine der vielen Türen und ließ ihn allein.
Bald schon kam sie zurück und deckte den Tisch mit feinsten Speisen und ausgesuchtesten Leckerbissen. Hungrig kostete der Mann von allem und aß, während ihm die Frau still dabei zusah.
„Entzünde ein Feuer", forderte sie ihn auf, als der Mann fertig gegessen hatte, „dann kannst du in dieser Nacht bei mir bleiben."
Der Mann ging zum Kamin, um Holz aufzuschichten und kleine Späne darunterzulegen. So sehr er jedoch auch suchte, alle Scheite, die neben dem Kamin säuberlich aufgeschichtet lagen, waren klamm.
„Das Holz ist feucht und ich finde nichts, womit ich ein Feuer entfachen könnte", sagte er und sah die Frau an.
„Wenn du das Feuer nicht entzünden kannst, werde ich dich fortschicken müssen", bekam er zur Antwort. „Denn dies ist die Bedingung."
Grübelnd legte der Mann seine Stirn in Falten, betrachtete den Kamin und die klammen Holzscheite. Schließlich kniete er nieder und kramte in seinem Bündel. Er

nahm das Buch heraus und blätterte versonnen in den vergilbten Seiten, als ob er sich eine letzte Erinnerung an all die vergangenen Träume bewahren wollte. Es fiel ihm schwer, sich zu entscheiden, welche Seiten seines Buches er herausreißen sollte. Er beschloß, einen seiner dunklen Träume herauszureißen,

knüllte die Seiten zusammen und stopfte sie unter das klamme Kaminholz. Vorsichtig rieb er seine Feuersteine gegeneinander und blies sacht auf die aufglimmende Lunte. Erst als die Glut kräftig genug war, hielt er sie an das zerknitterte Papier. Winzige Flammen wurden geboren, fanden Nahrung und züngelten hoch, leckten am feuchten Kaminholz, kämpften zischend und qualmend mit herabfallenden Tropfen, rafften sich immer wieder auf, um erneut zu versuchen, ihre heißen Zungen mit dem bereitliegenden Holz verschmelzen zu lassen.
Doch noch waren die Scheite zu klamm. Die wenigen Seiten aus dem Traumbuch des Mannes reichten nicht, um in dem frostigen Kamin ein Feuer zu entfachen.
„Es wird dir ebensowenig gelingen, wie all den anderen“, sagte die Frau, die ihn genau beobachtete. „Das Feuer wird erlöschen, noch bevor es richtig zu brennen begonnen hat.“

Jetzt nahm sich der Mann nicht mehr die Zeit nachzuschauen. Hastig riß er noch einige Seiten aus seinem Buch und stopfte sie unter das Kaminholz. Endlich fanden die Flammen genügend Nahrung. Sie umloderten das Holz und entzündeten es.
Mit dunkel lächelnden Augen sah ihm die Frau erfreut zu. Und als sie ihn so anlächelte, spürte der Mann, wie ihm warm wurde in seinem Innern. Aus dem kleinen Lederbeutel mit den Duftkräutern griff er sich einige getrocknete Blätter und zerrieb sie über der Glut. Langsam begannen diese zu glosten, und ihre eindringliche Kraft füllte den Raum.
Die Frau setzte sich neben den Mann und umarmte ihn liebevoll. Gemeinsam sahen die beiden den nunmehr kräftig lodernden Flammen zu, die sich in die knackenden Holzscheite fraßen und langsam den großen Raum erwärmten.
Die ganze Nacht brannte das Feuer. Und während der ganzen Nacht lagen die Frau und der Mann davor, freuten sich am wilden Spiel der Flammen und wärmten sich an der heißen Glut. Erst als der Morgen schon graute, schliefen sie ein.
Liebevoll umsorgte die Frau den Mann nach dem Erwachen und lud ihn mit freundlichen Worten ein, sich am Abend wie-

der hier, vor dem Kamin zu treffen. Danach verließ sie ihn.
So ging es Tag für Tag, Abend für Abend, Nacht für Nacht. Seite um Seite riß der Mann aus seinem geliebten Buch mit den vergilbten Blättern. Er übergab Traum um Traum dem Feuer und sorgte dafür, daß die Flammen lodernd brannten, denn die Frau hatte ihm bedeutet, daß er nicht hierbleiben könne, wenn ihm dies nicht mehr gelänge. Jedesmal, wenn die beiden vor dem Kamin zusammenlagen, glaubte der Mann, ein wenig mehr hinter die dunklen, traurigen Augen der Frau sehen zu können. Ein kleiner Funke schien darin zu wachsen, ein winziger Stern, aus der Kraft der Wärme geboren. Wenn er dies sah, opferte er gerne noch ein Blatt aus seinem Buch, um dem Feuer mehr Nahrung zu geben.

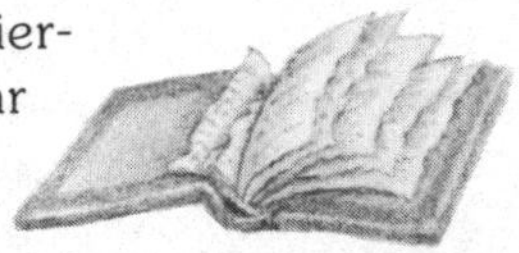

Traum um Traum verbrannte der junge Mann im Kamin des kleinen Schlosses, um das klamme Holz zu entzünden und den Raum zu wärmen. Und immer legte er noch einige seiner selbstgesammelten Kräuter auf die Glut, um die Frau mit ihrem Duft zu erfreuen.
Er war glücklich und zufrieden bis zu jenem Abend, als es keine Seite mehr in seinem Traumbuch gab. Verzweifelt versuchte der Mann mit Feuersteinen und Lunte ein Feuer zu entzünden. Doch die Feuchtigkeit des Holzes besiegte jeden kleinen Funken, und die spärliche Glut war viel zu schwach für die klammen Scheite."

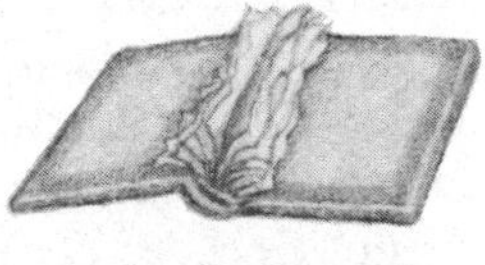

An dieser Stelle der Geschichte hält der Erzähler immer inne, als ob er seinen letzten Worten nachlauschen oder den Menschen Zeit geben wolle, nochmals zu fühlen, was sie soeben gehört hatten.
Erst wenn die Stille durch leises Tuscheln oder Füßescharren gestört wird, weiß er, daß alle auf den Fortgang der Geschichte warten und fährt fort:

„Hohnlachend fuhr die Frau den Mann an jenem Abend an: „Ich habe es doch gewußt! Auch du bist einer, der mein Schloß und mich nicht wärmen kann. Hinaus mit dir. Du bist meiner nicht würdig.“
Der Mann blickte ihr in die Augen und erfror fast in dieser tiefen, traurigen Hoffnungslosigkeit. Keinen lebendigen Funken konnte er darin entdecken, auch nicht den winzigen Stern, den er glaubte in den Abenden und Nächten gemeinsam mit der Frau geboren zu haben. Schmerzhaft wurde ihm bewußt, daß dieses lebendige Funkeln, dieser kleine hoffnungsvolle Stern nur ein Abbild des Kaminfeuers gewesen war, welches sich in den Augen der Frau gespiegelt hatte; niemals etwas, was hinter dem unergründlichen Schwarz ihrer Augen wirklich geboren worden war und weiter keimen wollte.
Wortlos verließ der Mann das Schloß wie so viele vor ihm. Voller Trauer, verwirrt und ohne Hoffnung, stolpert er seither durch sein Leben, denn in jenem Schloß auf dem namenlosen Hügel hat er all seine Träume zurückgelassen, und ohne Träume gibt es für niemanden Hoffnung, und ohne Hoffnung ist kein Leben möglich.“

Hier schweigt der wandernde Märchenerzähler wieder und blickt in die stille Runde der Zuhörer. Vor allem, in die schreckgeweiteten Augen der Kinder und der jungen Liebenden, denn er weiß, daß diese sich einen anderen Schluß der Geschichte wünschen. Und so fährt er nach einiger Zeit fort:
„Oftmals, viel zu oft, geschieht es, wie ich euch eben berichtete. Doch es gibt auch eine andere Überlieferung, und diese will ich euch nicht verschweigen. So hört denn …

An jenem Abend, als der Mann seinen letzten Traum dem Feuer opferte und sich hilflos umschaute, um neue Nahrung für die kärglichen Flammen zu finden, welche die klammen Holzscheite im Kamin nicht entzünden konnten, erhob sich die Frau, legte ihren Arm um ihn und bedeutete ihm, sich an den Tisch zu setzen. Wortlos ging sie aus dem Raum. Nach kurzer Zeit kehrte sie wieder, setzte sich neben ihn und legte viele un-

beschriebene Blätter auf den Tisch. Erstaunt sah der Mann ihr in die Augen. Und darin konnte er wirklich, hinter all der dunklen Traurigkeit, einen kleinen, lebendigen Funken sternengleich blitzen sehen. Die Frau gab dem Mann einen Stift: „Schreibe", forderte sie ihn auf, „du bist darin geübter. Ich werde dir meine Träume erzählen, damit sie uns von nun an wärmen."
Der Mann schrieb und schrieb, was die Frau ihm erzählte. Und immer, wenn das Kaminfeuer zu erlöschen drohte, nahm die Frau einige der beschriebenen Blätter und entfachte aufs neue die Glut.
So ging es Abend für Abend, Nacht für Nacht. Und der winzige Stern in den dunklen, hoffnungslosen Augen der Frau wuchs und begann zu strahlen, bis die Frau eines Abends zu dem Mann sagte: „Nun habe ich dir all meine Träume erzählt, und wir haben sie gemeinsam dem Feuer gegeben, damit sie uns warmhalten in langen dunklen Nächten." Dabei lachte sie ein strahlendes, funkelndes Lachen, wie es der Mann noch nie bei ihr gesehen hatte.
„Und nun?" fragte der Mann, verwirrt über dieses Lachen.
„Nun ist es an der Zeit", sagte die Frau, nahm ihn in ihre Arme und zog ihn hinunter zum Kamin, wo ein kräftiges Feuer prasselnd reichlich Nahrung fand, „unsere gemeinsamen Träume zu leben, bevor sie uns entgleiten."

„Niemals wieder", so schließt jeder wandernde Märchenerzähler, woher er auch kommen und wohin er auch gehen mag, „niemals wieder gab es in jenem kleinen Schloß auf dem namenlosen Hügel im namenlosen Wald, klamme Holzscheite.

Denn wer gemeinsam zu träumen vermag, wer die tanzenden Sterne in den Augen seines Gegenüber sehen kann und sehen will, der wird ein Feuer entzünden, welches jeden noch so kalten Winter überdauert."

Die Autoren und der Illustrator:

Roland Kübler, Jahrgang 1953, lebt als freier Schriftsteller im Remstal bei Stuttgart. Er ist einer der erfolgreichsten deutschsprachigen Märchenschreiber der letzten Jahre.
Bisherige Veröffentlichungen:
„Die Mondsteinmärchen“, „Die Sagen um Merlin, Artus und die Ritter der Tafelrunde“, (beide im Verlag Stendel erschienen).
Mitherausgeber und Autor: „Die Farben der Wirklichkeit“, „Wieviele Farben hat die Sehnsucht“, „Männertraum(a)“, „Der Gesang des Wales“, (Lucy Körner Verlag).

Norbert Sütsch, Jahrgang 1957, lebt, wohnt und schreibt in Buoch, bei Stuttgart. Seit 1985 ist er Buchhändler. Mit seinem erfolgreichen Erstlingswerk „Das Lächeln des Regenbogens“ gelang ihm weit mehr als nur ein Achtungserfolg.

Jürgen Werner, Jahrgang 1963, ist Student und freier Mitarbeiter einer Tageszeitung. Seine Art Märchen zu schreiben ist beeinflußt von André Hellers Satz: „Ich halte meine Träume für Realität. Denn ich glaube an die Realität meiner Träume.“ Sein Märchen „Pflücke den Tag“ schenkt er 'seiner Großen'. Durch sie lernte er die Menschen und den Augenblick zu lieben.

Markus Olivieri, Jahrgang 1953, lebt und arbeitet in St. Blasien. Er studierte an der 'Freien Kunstschule Stuttgart' und an der 'Hochschule für Bildende Künste Braunschweig', war Meisterschüler bei Prof. Emil Cimiotti und nahm an mehreren Ausstellungen, u.a. an der Illustratorenschau in Bologna und der Cartoonale in Düsseldorf, teil. Als Buchillustrator ist er für verschiedene Verlage tätig, u. a. in Zusammenarbeit mit Wolfgang Endres, Studienhaus St. Blasien.
Er entwirft Motive für 'Alte Schule' auf 'Original-Umweltschutz-Papier'.